SILVIA STOLZENBURG

Falschspiel

SILVIA STOLZENBURG

Falschspiel

Thriller

GMEINER SPANNUNG

Dieses Werk wurde vermittelt durch die
Autoren- und Projektagentur Gerd F. Rumler (München)

Bisherige Veröffentlichungen im Gmeiner-Verlag:
Die Salbenmacherin und der Engel des Todes (2019);
Die Meisterbanditin (2018); Das Erbe der Gräfin (2018);
Das dunkle Netz (2018); Die Launen des Teufels (2018);
Die Salbenmacherin und die Hure (2017); Blutfährte (2017);
Die Salbenmacherin und der Bettelknabe (2016);
Die Salbenmacherin (2015)

Personen und Handlung sind frei erfunden.
Ähnlichkeiten mit lebenden oder toten Personen
sind rein zufällig und nicht beabsichtigt.

Im Ehnried 5, 88605 Meßkirch
Telefon 07575/2095-0
info@gmeiner-verlag.de

1. Auflage 2019

Lektorat: Claudia Senghaas
Herstellung: Julia Franze
Umschlaggestaltung: U.O.R.G. Lutz Eberle, Stuttgart
unter Verwendung eines Fotos von: © Andrey Kuzmin / shutterstock.com
und © Nicolas / fotolia.com
Druck: GGP Media GmbH, Pößneck
Printed in Germany
ISBN 978-3-8392-2424-3

Für Effan, Schmetterling und Sonnenschein

KAPITEL 1

In der Nähe von Stuttgart, September 2017

»Bitte! Ich habe verstanden, was ihr wollt. Lasst mich gehen!« Die Stimme des jungen Mannes überschlug sich vor Furcht. Er hob flehend die Hände und sah sich angstvoll um. Das Waldstück, in das man ihn geführt hatte, lag verwaist da. Nichts rührte sich in der Dämmerung, nicht einmal die Vögel in den Wipfeln der Bäume gaben ein Geräusch von sich. Hie und da segelte ein Blatt auf den Boden, der vom Regen der vergangenen Nächte feucht und aufgewühlt war.

»Halt dein Maul!«, blaffte ihn einer der Kerle an, die ihn mit vorgehaltener Waffe aus seinem Wagen gezerrt hatten. »Grab weiter.«

»Das kann nicht euer Ernst sein!«, protestierte der junge Mann und warf die Schaufel auf den Boden.

»Wir machen keine Witze«, war die Antwort, die ihm das Blut in den Adern gefrieren ließ. Einer der Bewaffneten trat auf ihn zu, holte aus und rammte ihm die Faust in den Magen.

Er sackte mit einem gepressten Laut auf die Knie.

»Du kannst es auf die harte Tour haben oder auf die schnelle«, knurrte der Schläger. Er trat dem am Boden Liegenden mit dem Stiefel in die Seite.

Der Schmerz war so heftig, dass er sich erbrach. Keuchend versuchte er sich aufzurappeln, bevor ihn ein weiterer Tritt traf. »Bitte«, wimmerte er.

»Du hättest früher daran denken sollen, was passiert, wenn man sich Dinge nimmt, die einem nicht gehören«, sagte der zweite Entführer kalt. Er musterte ihn mit ausdrucksloser Miene, während er mit der Pistole auf seinen Kopf zielte. »Und jetzt grab weiter.«

Er wurde grob auf die Beine gezerrt.

»Mach schon!«

Obwohl es für einen Abend im September noch ziemlich warm war, schlugen seine Zähne aufeinander. Seine Arme fühlten sich an, als seien sie aus Gummi, als er den Griff der Schaufel umfasste und das Blatt in den schlammigen Boden trieb. Da ihm nichts anderes übrig blieb, als dem Befehl zu folgen, grub er, bis ihm die Muskeln brannten.

»Das sollte reichen«, ertönte schließlich die Stimme des Mannes, der die Waffe auf ihn gerichtet hatte.

Die Angst verstärkte sich. Meinten sie es wirklich ernst? Oder wollten sie ihm nur einen Schrecken einjagen, ihm klarmachen, dass er einen unverzeihlichen Fehler begangen hatte? Er warf die Schaufel auf den Boden und fiel auf die Knie. Vielleicht genügte es, wenn er sich vor ihnen erniedrigte. »Bitte!«, flehte er erneut. »Ich …«

Ein Schuss schnitt ihm das Wort ab. Die Kugel grub

sich neben ihm in den Boden, das Echo des Knalls wurde von den Bäumen zurückgeworfen.

»Ich habe gesagt, du sollst dein Maul halten!« Der Mann mit der Waffe gab ihm zu verstehen, sich neben das Loch zu stellen.

Oh Gott! Die Furcht, die ihn zu lähmen drohte, verwandelte sich in Panik. Ohne nachzudenken, griff er mit beiden Händen in den Dreck und schleuderte ihn den beiden Kerlen entgegen. Sein Instinkt übernahm die Kontrolle. Während sein Herzschlag davonraste, kam er auf die Beine und stolperte weg von der Grube.

»Scheißkerl!« Mehrere Schüsse pfiffen ziellos durch die Luft.

»Verdammt!«

»Oh Gott!«, keuchte er und schlug Haken wie ein Hase. Als er sich nach wenigen Metern umsah, verfing er sich in einer Wurzel und wäre beinahe lang hingeschlagen. Mit einem verzweifelten Laut kämpfte er um sein Gleichgewicht und floh weiter, während die beiden Männer die Verfolgung aufnahmen.

Ein weiterer Schuss peitschte dicht an ihm vorbei und riss ein Loch in einen Stamm.

Die Verzweiflung gab ihm seine Kraft zurück. So schnell, wie er noch nie in seinem Leben gerannt war, stürmte er auf eine kleine Lichtung zu, an deren Ende ein Feldweg aus dem Wald zu führen schien. Außerdem meinte er, einen Schuppen oder eine Hütte erkennen zu können. Wenn er Glück hatte, gab es dort jemanden, der ihm helfen konnte. Er hatte die Mitte der Lichtung noch nicht ganz erreicht, als ihn ein gewaltiger Schlag in den Rücken traf. Wenig später hallte ein weiterer Schuss durch den Wald.

Fassungslos griff er sich an die Brust, sackte in die Knie und rang röchelnd um Atem. Was war passiert? Hatten sie auf ihn geschossen? Warum spürte er dann keinen Schmerz? Wie im Traum sah er die beiden Männer auf sich zukommen und den Größeren von ihnen erneut die Waffe heben.

»Das reicht«, hörte er den anderen sagen. »Wenn du noch mehr rumballerst, läuft hier bald die ganze Gegend zusammen.«

Der Kerl mit der Waffe schnaubte. »Die denken bestimmt, hier wird gejagt.«

»Das Risiko dürfen wir nicht eingehen. Schnapp dir seine Beine.«

Der junge Mann spürte, wie er vom Boden aufgehoben wurde. Wenig später wurde er unsanft fallengelassen und mit dem Fuß in die Grube gestoßen.

»Nimm die Schaufel!«, befahl einer der Kerle dem anderen.

Als die ersten Erdklumpen auf ihn fielen, wurde es dem Angeschossenen schwarz vor Augen.

»Beeil dich! Da kommt ein Auto«, war das Letzte, was er hörte, ehe er das Bewusstsein verlor.

Als er wieder zu sich kam, war es stockdunkel. Zuerst dachte er, er sei tot. Doch dann raschelte es dicht an seinem Ohr und er vernahm den gedämpften Ruf einer Eule.

Etwas kitzelte ihn in der Nase. Ein dumpfer Schmerz pochte in seinem Rücken. Mühsam schlug er die Augen auf, aber die Dunkelheit blieb. Voller Panik öffnete er den Mund, um nach Luft zu schnappen, und fing an zu husten. Auch mit dem nächsten Atemzug kam Dreck in seine Lunge, so dass sich die Panik verstärkte. Die Erinnerung an das, was vorgefallen war, traf ihn wie ein Faustschlag. Sie hatten ihn bei lebendigem Leib begraben! Bevor sein Verstand reagieren konnte, schoss ihm Adrenalin in die Adern und er begann zu strampeln und wild um sich zu schlagen. Vollkommen kopflos, wühlte er sich durch lockere Erde und eine Schicht Blätter, zog sich aus der Grube und brach schließlich entkräftet daneben zusammen. Sein Herz schlug so heftig, dass er das Gefühl hatte, es wolle ihm die Rippen sprengen. Während der Schmerz ihm Tränen in die Augen trieb, begriff er, was passiert sein musste. Offenbar waren die Kerle gestört worden, bevor sie das Grab hatten zuschaufeln können, weshalb sie ihn nur notdürftig mit Blättern bedeckt hatten. Vermutlich würden sie bald zurückkehren, um ihr angefangenes Werk zu vollenden. Er musste fort von hier! Mit der Kraft der Verzweiflung zwang er sich aufzustehen und im Dunkeln den Weg zu der kleinen Lichtung zu suchen. Immer wieder brach er dabei in die Knie, doch die Todesangst trieb ihn weiter. Wenn er in diesem Wald nicht elendig verrecken wollte, musste er so schnell wie möglich Hilfe finden!

KAPITEL 2

Heidenheim, September 2017

Der Morgen war so warm wie der eines Hochsommertages. Die Sonne strahlte aus einem makellos blauen Himmel, an dem sich Schwalben tummelten. Bienen summten um den Rosenbusch, der auf Mark Beckers Terrasse in einem Kübel vor sich hin welkte, und eine Armee von Ameisen wuselte zwischen den Betonplatten hin und her. Aus dem Nachbarsgarten wehte der Duft von Weichspüler herüber, der Mark verriet, dass dort Wäsche aufgehängt wurde. Auf dem Gehweg gegenüber rumpelte ein Bobby Car den kleinen Abhang hinab.

»Nicht so schnell!«, hörte er die Mutter des Dreikäsehochs rufen, der lauthals »Wiuwiuwiu« krähte.

Obwohl er sich am liebsten fürs Joggen fertig gemacht hätte, ging Mark von der Terrasse zurück ins Haus und stellte seinen Kaffeebecher in die Spüle. Dann machte er sich auf den Weg nach oben, stieg in die Dusche, putzte Zähne und zog sich ein letztes Mal seinen Feldanzug an. Auf das rote Barett der Feldjäger verzichtete er, da er es ohnehin bald nicht mehr tragen durfte. Die Vorstellung machte ihn wütend, aber er unterdrückte den Zorn. Er war selbst schuld an seiner Lage. Hätte er auf seinen Chef gehört …

Nachdem sein Hauptmann vor fast einem halben Jahr eine Ermittlung gegen ihn eingeleitet hatte, hatte die Drohung eines Disziplinarverfahrens über ihm geschwebt. In scheinbar endlosen Sitzungen waren Zeugen vernommen und Tatorte untersucht worden und am Ende hatte sein Chef ihn vor die Wahl gestellt: Entweder Mark schied freiwillig aus dem Dienst aus oder sein Hauptmann würde bei dem Verfahren für eine Entfernung aus dem Dienstverhältnis plädieren. Das Ganze hatte sich wochen- und monatelang hingezogen, bis Marks Anwalt ihm vor zehn Tagen schließlich ein Formular vorgelegt hatte.

»Unterschreiben Sie das«, hatte er gesagt. »Dann kommen Sie mit einem blauen Auge davon.« Er hatte ungeduldig auf die gestrichelte Linie getippt. »Sie haben Riesenglück, dass Ihr Fall nicht an die Staatsanwaltschaft abgegeben worden ist. Hätte Frau Schäfer nicht zu Ihren Gunsten ausgesagt …«

Mit gemischten Gefühlen hatte Mark den Wisch unterzeichnet, mit dem er seine Entlassung aus der Bundeswehr verlangte.

»Du gibst alles ab, klar?«, hatte sein Chef die Vorlage des Dokuments kurz angebunden kommentiert. Nachdem der Anwalt das Büro verlassen hatte, hatte er sich von seinem Drehstuhl erhoben und den Kopf geschüttelt. »Ich wünschte mir, du hättest es nicht so weit kommen lassen.«

Mark schnitt eine Grimasse, als er sich an das Gespräch erinnerte. Ein Teil von ihm war froh, endlich dem stinklangweiligen Schreibtischdienst zu entkommen, zu dem er verdonnert worden war. Ein anderer Teil von ihm trauerte schon jetzt dem Dienst als Feldjäger hinterher.

Mit einem Seufzen klemmte er sich das rote Barett unter den Arm und ging zurück nach unten. Dort schnappte er sich seine Tasche, verließ das Haus und stieg in seinen Passat. Da er nicht pünktlich um sieben zum Antreten in der Kaserne sein musste, ließ er sich auf dem Weg nach Ulm Zeit. Als schließlich die Einfahrt der Wilhelmsburg-Kaserne in Sicht kam, grüßte er den Wachmann, hielt seine Karte an den Kartenleser und tippte einen Code in das Pinpad. Sobald sich die rot-weiße Schranke öffnete, fuhr er auf das Gelände und parkte direkt vor dem Dienstkommando der Feldjäger. Missmutig erklomm er die Metallstufen zum Eingang des flachen Backsteingebäudes. Auch hier gab er einen Code ins Pinpad ein und ging hinauf in den ersten Stock, in dem sich sein Büro befand.

Seine Kameraden nickten ihm beklommen zu, einige murmelten ein »Guten Morgen«. Sie alle wussten, was vorgefallen war, doch keiner wollte sich etwas anmerken lassen.

Mit gesenktem Kopf trottete Mark den Korridor entlang und verschwand in seinem Büro. Bevor er sich das letzte Mal bei seinem Hauptmann meldete, musste er seine Privatsachen zusammensuchen. Die Sonne schien durch das Fenster auf den bereits aufgeräumten Schreibtisch. Winzige Staubkörnchen tanzten im Licht. Mit einem Brummen pfefferte Mark seine Tasche auf das Sofa neben der Tür und fing an, die überall verstreuten Sportklamotten zusammenzusuchen. Ein Handtuch, das noch feucht war von seiner letzten Dusche, hing über einem Kleiderbügel am Schrank. Hinter dem Schreibtisch stapelte sich auf einem kleinen Aktenwagen Papier, darauf lag ein Helm. In der anderen Ecke stand ein Blecheimer mit hölzernem Toilettensitz. Außerdem lagen dort Wüstenanzüge und schusssichere Westen mit Bleiplatten im Brustbereich. Da Mark weder die Akten noch die Ausrüstung mitnehmen durfte, wandte er sich dem Kleiderschrank zu und packte die Zivilkleidung ein, die sich dort angesammelt hatte. Den Sachen folgten ein paar gerahmte Fotos von Einsätzen in Afghanistan, dann schälte er sich aus dem Feldanzug und schlüpfte in Jeans und Pulli.

»Das war's jetzt also?« Einer seiner Kameraden hatte sich doch ein Herz genommen und steckte den Kopf in den Raum.

Mark ging auf ein Knie, um sich die Turnschuhe zu binden. »Jepp«, gab er kurz angebunden zurück. Er hatte keine Lust, darüber zu reden.

»Wenn du mal was trinken gehen willst, ruf an«, sagte der Feldwebel.

Mark kam auf die Beine und schulterte seine Tasche. »Mach ich«, versprach er.

»Ist echt Scheiße«, murmelte der Kamerad.

Die Bemerkung war nicht gerade hilfreich.

Mark zuckte die Achseln. »Shit happens.« Er klopfte dem anderen auf die Schulter. »Haltet den Laden in Schwung«, scherzte er. Dann nickte er zum Abschied und ging ein letztes Mal den Korridor entlang.

Im Erdgeschoss wandte er sich nach rechts und stand wenig später im Büro seines Chefs. »Ich bin fertig«, sagte er.

Der Hauptmann sah von einer Akte auf, in der er geblättert hatte. Seine Miene verriet keine Gefühlsregung.

»Mein Dienstausweis.« Mark legte die laminierte Plastikkarte auf den Tisch. »Ich habe alles ausgeräumt.«

Sein Chef kam auf die Beine. »Schade«, sagte er nach einigen Augenblicken des peinlichen Schweigens. »Wirklich schade. Du hättest es sicher bis zum General gebracht.«

Die Worte trafen Mark wie Messerstiche. Die Karriere als Berufssoldat aufgeben zu müssen, war für ihn beinahe wie eine Armamputation. Seine Laufbahn war bis ins Kleinste geplant gewesen. Der Job hatte ihm Spaß gemacht und er hatte keine Ahnung, was er als Zivilist anfangen sollte. Trotzdem versuchte er, sich nichts anmerken zu lassen, und scherzte: »Das ganze Lametta auf der Uniform hätte mir vermutlich sowieso nicht gestanden.«

Der Hauptmann schüttelte den Kopf. Er kam auf Mark zu und streckte ihm die Hand entgegen. »Ich wünsche dir viel Glück.«

Mark schlug ein.

»Versuch, deinen Hitzkopf unter Kontrolle zu kriegen«, sagte sein Chef. »Sonst landest du irgendwann im

Knast.« Er bedachte Mark mit einem warnenden Blick. »Was hast du jetzt vor?«

Mark zuckte die Achseln. »Erst mal Urlaub machen«, gab er zurück. Er wollte nicht zugeben, dass er keine Ahnung hatte, wie sein Leben ohne die Bundeswehr aussehen sollte.

»Ich wünschte wirklich, es wäre anders gelaufen.«

Ich auch, dachte Mark. Nachdem sie noch ein bisschen sinnlosen Smalltalk gemacht hatten, verabschiedete er sich endgültig und verließ das Dienstkommando. Draußen atmete er ein paar Mal tief durch, ehe er zu seinem Passat ging und seine Sachen in den Kofferraum warf. Er war gerade eingestiegen, als sein Handy klingelte. Ein Blick aufs Display verriet ihm, wer der Anrufer war. »Michael«, begrüßte er den Mann am anderen Ende.

»Hi, Mark. Alles klar?«

Mark blies die Wangen auf. »Nicht wirklich«, sagte er. »Ich hab gerade meinen Dienstausweis abgegeben.«

»Hast du dir mein Angebot durch den Kopf gehen lassen?«, kam Michael Kuhn zur Sache. Vor ein paar Wochen hatte er Mark kontaktiert und ihn gefragt, ob er bei ihm einsteigen wollte. Der ehemalige Mitarbeiter des MAD, des Militärischen Abschirmdienstes, hatte sich in Stuttgart mit einer Sicherheitsfirma selbstständig gemacht und war auf der Suche nach Führungskräften. Oder Partnern, wie er Mark hatte wissen lassen. Da seine Firma für den Veranstaltungsschutz des Cannstatter Wasens angeheuert worden war, suchte er händeringend neue Mitarbeiter. Mark sollte ihm dabei helfen, da die Zeit drängte.

Mark lehnte den Kopf an die Kopfstütze und fuhr sich mit den Fingern durchs Haar. »Ich weiß nicht …«

»Das wäre genau das Richtige für dich. Komm schon. Ich brauche Leute wie dich.« Dass Michael Kuhn so schnell von Marks Dilemma erfahren hatte, sprach für seine immer noch exzellenten Beziehungen.

»Sicherheitsfuzzi? Echt?« Mark war wenig begeistert von der Vorstellung.

»Hast du schon was anderes?«

»Vielleicht«, log Mark. Er brauchte Zeit, um sich die Sache durch den Kopf gehen zu lassen.

Michael Kuhn seufzte. »Ich kann beim Gehalt noch ein bisschen höher gehen«, sagte er. »Aber viel Spielraum habe ich nicht mehr. Du weißt, dass wir noch nicht lange im Geschäft sind. Der Auftrag für den Wasen ist echt wichtig.«

»Hör zu, ich muss jetzt erst mal nach Hause«, sagte Mark nach einigen Sekunden des Schweigens. Er wusste, warum er zögerte. Auch wenn Michael Kuhn ihm etwas anderes versprochen hatte, befürchtete er, früher oder später als Türsteher oder Kindermädchen für verwöhnte reiche Gören zu enden. Außerdem war der Grund für seine Entlassung aus dem Dienst eine private Sicherheitsfirma gewesen, die nicht nur Söldner anheuerte, sondern auch Profikiller auf der Gehaltsliste hatte. Ein Teil von Mark befürchtete, dass schwarze Schafe in der Branche nicht die Ausnahme waren.

»Überleg es dir nicht zu lange«, unterbrach Michael Kuhn seine Gedanken. »Du kannst nicht einfach irgendeinen Bürojob machen. Glaub mir, da würdest du dich zu Tode langweilen.«

Mark lachte freudlos. »Ich melde mich«, versprach er halbherzig, dann legte er auf. Er warf das Telefon auf den Beifahrersitz und schloss die Augen. »Fuck!«, schimpfte er. Was für eine verdammte, beschissene Scheiße!

KAPITEL 3

Ulm, September 2017

Sobald Marks Passat das Gelände der Kaserne verlassen hatte, startete der Fahrer, der auf dem Gehweg gegenüber geparkt hatte, seinen Wagen. Die ganze Zeit über hatte er den Parkplatz vor dem Dienstkommando im Blick behalten, während er vorgab, mit dem Handy zu telefonieren. Die Wache hatte zwar ein paar Mal zu ihm hinübergesehen, sich allerdings nicht weiter für ihn interessiert. Kein Wunder, da er in einem langweiligen grauen Anzug steckte und eine Oberklasselimousine fuhr. Wer würde hinter so einer Fassade jemanden wie ihn vermuten?

Hätte der Wachposten genauer hingesehen, wäre ihm aufgefallen, dass der Beobachter gebaut war wie ein Panzer. Auf einem bulligen Nacken saß ein runder Kopf mit stoppelkurzem Haar. Obwohl der Mann sich bemühte, wie ein ganz normaler Geschäftsreisender zu wirken, war ihm klar, dass die Täuschung keiner genaueren Überprüfung standhalten würde.

Er hätte einen seiner Männer schicken können. Allerdings war Mark Becker in den vergangenen Monaten zu einer Art Besessenheit für ihn geworden. Immerhin war der verantwortlich dafür, dass ein paar seiner besten Männer aus dem Verkehr gezogen worden waren und sie die Firma, die als Fassade fungierte, verloren hatten. Noch immer kochte die Wut in ihm, doch er zwang sich, einen kühlen Kopf zu bewahren.

Er war ein Profi.

Der Druck auf den Feldjäger schien immer größer zu werden. Nicht mehr lange, dann war die Zeit reif. Mit einem kalten Lächeln wartete er, bis sich zwei Autos zwischen ihm und Mark befanden, ehe er vom Gehweg fuhr. Es wäre nicht nötig gewesen, vor Ort zu sein, da er Marks Wagen mit einem GPS-Tracker versehen hatte. Außerdem klebte im Fußraum des Beifahrersitzes eine winzige Wanze. Sein Haus war ebenfalls verwanzt, weshalb der Bullige genau über alles Bescheid wusste, was sich in Mark Beckers Leben abspielte.

Was am anderen Ende des Telefons gesagt worden war, hatte er nicht hören können. Das war auch nicht nötig, weil ihm klar war, mit wem Mark gesprochen hatte. Die Ironie der Situation war beinahe komisch.

Obwohl der Drang, Marks Wagen zu überholen, die Waffe zu ziehen und ihm eine Kugel in den Kopf zu jagen, beinahe unwiderstehlich war, zwang er sich zur Ruhe. Geduld, schärfte er sich ein. Wenn sich die Dinge weiter so entwickelten … Er presste die Lippen aufeinander und folgte Mark in Richtung Autobahn.

KAPITEL 4

Stuttgart, September 2017

»Mann! Das nimmt gar kein Ende«, stöhnte Lisa Schäfer. Entnervt lehnte sie sich in ihrem Schreibtischstuhl zurück und raufte sich die kurzen blonden Haare. Der Berg an Papierkram schien jeden Tag größer zu werden. »Wenn nicht bald ein neuer Fall reinkommt, werde ich verrückt«, schimpfte sie.

Jonas Kling, der Kollege, mit dem sie sich das Büro teilte, stand auf, legte eine weitere Akte in ihre Inbox und grinste. Wie immer steckte er in einer verwaschenen Jeans, einem weißen Hemd und Turnschuhen. Obwohl er nicht viel älter als Mitte 30 war, hatte er so gut wie keine Haare. Deshalb rasierte er sich jeden Morgen den Kopf und trug seit neuestem eine schicke rote Brille, die ihm vermutlich seine Freundin ausgesucht hatte. Seine dunklen Augen funkelten Lisa belustigt an. »Gleich kommt: Kann sich der Scheiß nicht von alleine erledigen?«, lästerte er.

Lisa warf einen alten Radiergummi nach ihm. »Ja. Warum nicht?«, brummte sie. »Sag bloß, dir macht der Mist Spaß!«

Jonas nahm einen Apfel aus der Schale auf dem Fensterbrett und warf ihn Lisa zu. »Iss. Vitamine sind gut gegen schlechte Laune.«

Lisa musterte den Apfel wie ein giftiges Insekt. Dann legte sie ihn auf den Schreibtisch und verzog das Gesicht. »Ehrlich, ich brauche dringend einen Fall. Ich habe den Eindruck, Thomas schleust immer noch alles an mir vorbei.« Seit dem letzten Fall mit Mark Becker, der beinahe in einer Katastrophe geendet hatte, parkte ihr Chef sie auf dem Abstellgleis.

»Wundert dich das?«, fragte Jonas. Er bedachte Lisa mit einem Blick, der sie die Augen verdrehen ließ.

»Meine Güte! Es war doch nicht *mein* Fehler! Diesen verdammten Mark Becker hättest du auch nicht aufgehalten!«

»*Ich* hätte aber gewartet, bis das SEK vor Ort ist«, gab Jonas Kling trocken zurück.

»Ach!«, schnaubte Lisa. »Das ist jetzt lange genug her. Ich hab's kapiert. Keine Alleingänge mehr.«

»Das solltest du vielleicht lieber Thomas sagen als mir«, gab Jonas Kling zurück.

»Was soll sie mir sagen?«, ertönte die Stimme ihres Chefs in Lisas Rücken.

Lisa drehte sich mit ihrem Stuhl um. »Musst du dich immer so anschleichen?«

Thomas Fuchs lachte. Er hielt einen gelben Aktendeckel in der Hand. »Du willst einen Fall?«, fragte er.

Lisa stand auf und riss ihm die Akte förmlich aus der Hand. Nach einem kurzen Blick hinein runzelte sie die Stirn. »Ein *versuchtes* Tötungsdelikt?«

Thomas Fuchs nickte. »Gestern Abend wurde ein Mann von einem Bauern, der noch mal nach seinen Schafen sehen wollte, auf einem Waldweg gefunden. Offenbar hat jemand versucht, ihn zu erschießen. Das Opfer, nicht den Bauern.« Er sah sich nach einem Stuhl um. »Beaker und ein paar Kollegen von der Spusi suchen gerade die Umgebung des Auffindeortes ab.« Er schob sich mit einer Pobacke auf den Schreibtisch und verschränkte die Arme. »Das Opfer liegt im Robert-Bosch-Krankenhaus. Ich dachte mir, ihr beide könntet versuchen, ihn zu vernehmen.«

»Ist er denn vernehmungsfähig?«, wollte Jonas wissen.

Thomas Fuchs zuckte die Achseln. »Das erfahrt ihr im Krankenhaus. Soviel ich weiß, ist er sofort notoperiert worden.«

»Kann's ein Jagdunfall gewesen sein?«, fragte Lisa.

»Keine Ahnung. Das Projektil ist noch im Krankenhaus.«

»Toll«, brummte Lisa. »Haben wir keinen richtigen Fall?«

Ihr Chef lachte. »Der ist richtig genug, finde ich. Es tauchen nicht jeden Tag Angeschossene mitten im Wald auf.«

Lisa blies die Wangen auf und ließ die Luft durch die gespitzten Lippen entweichen. Dann zuckte sie die Achseln. »Besser als Papierkram.« Als ihr Chef etwas sagen wollte, kam sie ihm zuvor. »Wir halten uns strikt an die Vorschriften, keine Angst.«

»Das höre ich gern«, gab er zurück. »Aber ich wollte was Anderes sagen. Versucht zuerst rauszufinden, wie er heißt. Er hatte weder eine Brieftasche noch ein Handy dabei.«

»Also vermutlich kein Jäger«, bemerkte Jonas.

»Vermutlich nicht.«

»Alles klar.« Lisa nahm ihre Jacke vom Haken neben der Tür. »Sonst noch was, das wir wissen sollten?«

»Das ist bisher alles, was der Dauerdienst an uns weitergegeben hat.«

»Okay.« Lisa steckte den Apfel, den Jonas ihr zugeworfen hatte, in die Tasche und verließ mit ihm das Büro. »Willst du fahren?«

»Mir egal.«

»Dann hol den Schlüssel aus dem Geschäftszimmer. Ich muss noch kurz aufs Klo und warte im Hof auf dich.« Sie ließ Jonas stehen und machte sich auf den Weg zur Toilette. Dann ging sie die Treppen hinab und trat wenig später auf den Hof hinter dem Präsidium hinaus. Obwohl es noch ziemlich früh war, brannte die Sonne schon mit voller Kraft vom Himmel. Es roch nach der trockenen Erde des Weinberges, der an die Dienststelle angrenzte, nach Abgasen und Zigarettenrauch. Mit einem Prusten zog Lisa ihre Jacke wieder aus und reckte das Gesicht in die Sonne.

»Soll ich dir einen Liegestuhl holen?«, frotzelte Jonas, als er kurz darauf ebenfalls ins Freie trat.

»Da hätte ich nichts dagegen.« In diesem Jahr war Lisas Sommerurlaub ausgefallen, weil sie wie alle anderen Kollegen Überstunden geschoben hatte. In vier Wochen wollte sie auf die Malediven, wusste allerdings immer noch nicht, ob es klappen würde. Statt eines Liegestuhls wartete ein heißer Autositz auf sie. »Mann!«, stöhnte sie und ließ das Fenster runter.

Jonas schaltete das Radio ein, dann fuhr er zur B10 und bog ein paar Meter weiter nach rechts in Richtung Krankenhaus ab, das sie zehn Minuten später erreichten. Der Glas- und Betonkomplex lag wie die Hahma, das Polizeipräsidium, am Rand des Weinberges, in dem der Weinbauer bereits mit der Ernte begonnen hatte. Jonas fuhr direkt ins Parkhaus, dann machten sie sich auf zum Haupteingang.

»Wir sind von der Kriminalpolizei.« Lisa zeigte der Frau an der Rezeption ihren Dienstausweis und erklärte ihr, warum sie da waren.

»Die Intensivstation ist im ersten Stock«, informierte sie die Dame. »Sie müssen den behandelnden Arzt fragen, ob der Patient ansprechbar ist.« Sie beschrieb ihnen den Weg und nannte ihnen den Namen des Arztes.

Anstatt den Lift nahmen sie die Treppen und zogen wenig später die Glastür auf, die in den sterilen Korridor der Intensivstation führte. Lisa fing die erste Krankenschwester ab, die ihnen über den Weg lief. »Wo finden wir Doktor Aydin?« Sie hielt der Frau ihren Ausweis vors Gesicht.

»Im Schwesternzimmer.« Die Frau zeigte mit dem Daumen über die Schulter.

»Im Schwesternzimmer, soso«, kommentierte Jonas.

Lisa verdrehte die Augen. »Manchmal frage ich mich, wie alt du bist«, brummte sie.

Als sie an die Tür des kleinen Kabuffs klopften, öffnete eine schlanke Frau mit rabenschwarzen langen Haaren. In ihrer Tasche steckte ein Stethoskop.

»Doktor Aydin?«, fragte Lisa.

Die Frau nickte.

Jonas gab einen grunzenden Laut von sich, den Lisa ignorierte.

»Wir wollen zu dem Patienten mit der Schusswunde«, erklärte Lisa. »Können wir ihm ein paar Fragen stellen?«

Doktor Aydin schüttelte bedauernd den Kopf. »Wir mussten ihn in ein künstliches Koma versetzen. Die Kugel war ziemlich dicht bei seinem Herzen und hat einen großen Teil der Lunge zerstört.«

»Wird er durchkommen?«, fragte Jonas.

»Das kann ich Ihnen nicht sagen. Es besteht immer die Gefahr einer Infektion …« Doktor Aydin warf einen Blick nach hinten, als eine der Schwestern ihr auf die Schulter tippte. Die Frau hielt eine Plastiktüte in der Hand. »Oh, das hätte ich fast vergessen«, sagte die Ärztin, nahm der Schwester die Tüte ab und hielt sie Lisa hin. »Das Projektil, das wir aus dem Patienten geholt haben.« Sie runzelte die Stirn.

Lisa nahm ihr die Tüte ab. Beaker würde sicher nicht begeistert sein, weil das Beweisstück zweifelsohne durch mehrere Hände gegangen war. Allerdings verriet ihr ein Blick auf die Kugel, dass es sich ganz sicher nicht um einen Jagdunfall handelte.

»Er wurde von hinten angeschossen«, bestätigte Doktor Aydin ihre Vermutung.

»Das Ding kam aus einer Fünfundvierziger«, sagte Jonas, sobald sie die Intensivstation wieder verlassen hatten.

Lisa nickte. »Sieht so aus. Der Fall scheint doch nicht so langweilig zu sein, wie ich dachte.«

KAPITEL 5

Heidenheim, September 2017

Als Mark zu Hause ankam, parkte er seinen Passat, holte seine Sachen aus dem Kofferraum und schleppte alles in die Waschküche. Die Sportklamotten und Handtücher stopfte er in die Waschmaschine, dann ging er nach oben und zog sich zum Joggen um. Er wusste, dass er vor einer Entscheidung davonrennen wollte, doch wenn er sich nicht auspowerte, würde es ihn vermutlich zerreißen. Nachdem er seine Trinkflasche gefüllt hatte, steckte er sie in den eigens dafür gedachten Gürtel und verließ das Haus. Ohne sich mit Aufwärmen aufzuhalten, rannte er den steilen Weg zum Schloss hinauf. Schon nach der Hälfte der Treppen brannte seine Lunge, trotzdem zog er das Tempo weiter an. Beim Schloss angekommen, wandte er sich nach links und trabte auf den Wildpark hinter dem Krankenhaus zu. Auf dem Spielplatz neben dem Naturtheater tobten ein paar Jungs, deren Mütter sich auf einer der Holzbänke miteinander unterhielten. Mark ignorierte die Blicke, die zwei von ihnen ihm zuwarfen, und lief auf den Schotterweg zu. Dann legte er noch einen Zahn zu.

Fast zwei Stunden rannte er wie ein Verrückter durch den Wald, bis ihm das Wasser ausging. Klitschnass und mit schweren Beinen trampelte er schließlich die Treppe zu seiner Haustür hinauf und steckte im Bad erst einmal den Kopf unter den Wasserhahn. Dann ging er in die Küche, holte sich eine Flasche Mineralwasser und leerte sie in wenigen Zügen. Sobald er ein wenig abgeschwitzt hatte, stieg er in die Dusche. Als er sich zehn Minuten später mit einem fetten Sandwich und einem Kaffee auf die Terrasse setzte, fühlte er sich wie ein neuer Mensch. Das Laufen hatte ihm den Kopf frei gemacht. Die Leere und Niedergeschlagenheit waren wie weggewischt und er beschloss, das Endorphinhoch auszunutzen. Bevor er es sich anders überlegen konnte, wählte er Michael Kuhns Nummer. »Ich bin's«, sagte er, als der ehemalige Kamerad sich meldete.

»Du rufst hoffentlich nicht an, um abzusagen.«

Mark biss in sein Sandwich und kaute, bevor er antwortete. »Nein. Ich mache es.«

»Super!«, freute sich Michael Kuhn.

»Aber erst mal auf Probe«, dämpfte Mark seine Begeisterung.

»Ja, klar, kein Problem. Wann kannst du anfangen?«

»Nächste Woche.«

»Wie wär's mit morgen?«

Mark lachte. Er überlegte einen Augenblick. »Warum nicht? Ist ja nicht so, dass ich momentan was anderes zu tun habe.« Er nahm noch einen Bissen von seinem Sandwich. »Keine Türsteherjobs, keine verzogenen Bälger«, sagte er.

»Versprochen«, lachte Michael Kuhn. »Dafür brauche ich dich nicht. Du musst mir dabei helfen, Bewerber auszuwählen und das Sicherheitskonzept für den Wasen wasserdicht zu machen. Ich brauche jemanden, der die Koordination mit der Polizei, dem Ordnungsamt, den Rettungsdiensten und der Feuerwehr übernimmt. Um den Veranstalter kümmere ich mich.«

Mark zog die Brauen hoch. »Das ist ein ganz schöner Brocken. Wann ist der Wasen?«

»Vom 22. September bis 8. Oktober.«

Mark pfiff durch die Zähne. »Das sind nicht mal mehr drei Wochen.«

»Was denkst du, warum ich dich so dringend brauche.« Michael Kuhn stöhnte. »Zuerst hieß es, dass wir als Subunternehmer angeheuert werden. Aber dann hat sich der Veranstalter plötzlich anders entschieden und mir einen Dienstleistungsvertrag geschickt.«

»Das heißt, wir sind für das ganze Paket zuständig?«, fragte Mark.

»Ja. Personenschutz, Einlasskontrolle, Notausgangbewachung, Bühnensicherung, VIP-Schutz, Zeltsecurity, Mobile Einsatztrupps und Einsatzleitung.«

»Mein lieber Schwan!« Mark legte den Rest seines Sandwiches auf den Gartentisch und rieb sich das Kinn. »Wie viele Leute hast du schon?«

»Noch nicht mal zehn«, gab Michael Kuhn zurück.

»Wir haben einen Riesenberg an Bewerbungen, die kann ich alleine nicht abarbeiten.«

Mark verscheuchte eine Wespe, die sich über den Rest seines Sandwiches hermachen wollte. »Kann ich irgendwo schlafen? Wenn ich jeden Tag pendeln muss …«

»Über dem Büro gibt es eine kleine Einliegerwohnung, die wir auch angemietet haben«, sagte Michael Kuhn. »Da kannst du erst mal unterkommen.«

»Alles klar«, gab Mark zurück. »Dann fahre ich hier morgen um sechs los.«

»Ich mache alles für dich fertig.« Michael Kuhn klang erleichtert. »Danke, ich wusste, dass ich mich auf dich verlassen kann.«

Mark verabschiedete sich und legte auf. Er steckte sich den letzten Bissen in den Mund und spülte ihn mit Kaffee hinunter. Dass er so schnell einen neuen Job haben würde, hatte er nicht gedacht. Wenn Michaels Firma wirklich den gesamten Veranstaltungsschutz für das Cannstatter Volksfest stemmen musste, stand ihnen eine Riesenaufgabe bevor. Er leerte seinen Kaffeebecher. »Herausforderungen sind gut«, murmelte er. Sonst wäre er vermutlich in Selbstmitleid versunken. Er ging zurück ins Haus und überlegte, was er mit dem Rest des freien Tages anfangen sollte. Da er keinen vernünftigen Anzug hatte, beschloss er, shoppen zu gehen. Zwar hasste er das Anprobieren von Kleidungsstücken in engen Kabinen, aber wenn er als Sicherheitsberater arbeiten wollte, musste er wenigstens ein bisschen seriös aussehen. Als Feldjäger hatte er das Problem nicht gehabt, aber die Uniform war Vergangenheit.

Nach dem Einkaufen bummelte er noch etwas durch die Stadt. Am Abend verabredete er sich mit seinen alten Schulfreunden Lukas und Uli beim Griechen. Am nächsten Morgen klingelte der Wecker um fünf. Pünktlich um sechs saß Mark in seinem Wagen und gab die Adresse von Michaels neuer Firma in sein Navi ein. Das Büro befand sich in Degerloch, in der Nähe des Bezirksrathauses. Im Schneckentempo kämpfte er sich durch den Berufsverkehr, bis er endlich die Autobahnauffahrt in Gruibingen erreichte. Der Verkehr auf der B 10 war morgens noch schlimmer und er war froh, dass er die Zuckelei nicht jeden Tag über sich ergehen lassen musste. Im Kofferraum lag eine große Tasche mit allem Nötigen, das er für eine Woche brauchte. Sollte sich der Job als etwas Langfristiges erweisen, konnte er sein Haus an Studenten vermieten und sich eine Bude in Stuttgart suchen. Da er reichlich Kaffee getrunken hatte, hielt er am ersten Rasthof auf der Autobahn an. Als er vom Klo zurückkam, fiel ihm beim Einsteigen das Handy aus der Tasche und verschwand im Fußraum des Beifahrersitzes.

»Toll«, brummte er, lehnte sich über die Mittelkonsole und tastete nach dem Telefon. Das war jedoch so außer Reichweite gerutscht, dass er aussteigen und die Beifahrertür öffnen musste. Als er in die Hocke ging, um das Handy hervorzuangeln, entdeckte er etwas, was ihn die Augen zusammenkneifen ließ. Nachdem er das Telefon aus dem Fußraum gefischt hatte, griff er nach einem kleinen Kästchen, das so angebracht war, dass er es vermutlich nie entdeckt hätte, wenn das mit dem Handy nicht passiert wäre. Es war kaum fünf Zentimeter groß und Mark erkannte auf den ersten Blick, worum es sich handelte: eine stimmaktivierte Wanze. Er drehte das Ding ungläubig zwischen den Fingern hin und her. Doch egal, wie oft er es wendete, es löste sich nicht in Luft auf. Nur mühsam widerstand er dem Impuls, es in die Büsche zu schleudern, und klebte es dorthin, wo er es gefunden hatte. Wer auch immer das Ding in seinem Wagen versteckt hatte, würde merken, wenn er es entfernte. Wenn er so tat, als ob ihm nichts Verdächtiges aufgefallen wäre, konnte er vielleicht herausfinden, woher es stammte. Mit einem grimmigen Ausdruck knallte er die Beifahrertür zu und rutschte zurück hinters Lenkrad. Während er sich das Gehirn zermarterte, wer hinter dem Lauschangriff stecken könnte, fuhr er wieder auf die Autobahn auf und raste in Richtung Stuttgart davon.

KAPITEL 6

Stuttgart, September 2017

Als er nach zwei Staus und einer weiteren Pinkelpause endlich in Degerloch ankam, war es schon fast halb neun. Er hielt vor einem altrosa angestrichenen Wohnhaus, hinter dem eine alte Fachwerkscheune stand, und stieg aus dem Wagen. Die Gegend war so verschlafen, wie sie aussah, proper und ordentlich wie ein Dorf auf der Alb. Straßen und Gehwege waren gepflastert, was den Eindruck der Dörflichkeit verstärkte. Das Haus, an dem eine silberne Tafel mit der Aufschrift »M. K. Security« angebracht war, besaß sogar ein kleines Vordach. Und Blumenbeete, in denen allerhand buntes Zeug wuchs. Mark versuchte, sich seine Enttäuschung nicht anmerken zu lassen, als Michael Kuhn ihm die Tür öffnete.

»Mann! Ich dachte schon, du kommst nicht«, begrüßte ihn der ehemalige Geheimdienstler. Er war fast so groß wie Mark, hatte Schultern wie ein Preisboxer und strahlend blaue Augen. Sein dunkles Haar war akkurat frisiert, das Grau an den Schläfen kaum zu sehen. Er steckte in einem schicken Maßanzug, der ihm das Aussehen eines teuren, sehr fitten Anwalts verlieh.

»Furchtbarer Verkehr«, brummte Mark. Er schüttelte Michael die Hand und folgte ihm ins Haus. Um die Wanze in seinem Wagen würde er sich später kümmern, jetzt wollte er erst mal sehen, worauf er sich eingelassen hatte.

Michael Kuhn führte ihn in ein Vorzimmer, in dem eine junge Frau hinter einem Schreibtisch saß. Sie trug eine dunkelblaue Jacke mit dem Firmenemblem und schenkte Mark ein Lächeln.

»Fiona, das ist Mark. Mark, Fiona ist unsere gute Fee. Sei nett zu ihr.« Michael grinste.

Fiona erhob sich, schüttelte Mark die Hand und ging dann zu einer High-Tech-Kaffeemaschine, aus der sie sich einen Espresso ließ.

»Wenn du Kaffee willst, musst du ihn dir selber holen«, sagte Michael leise. »Da ist sie ein bisschen eigen.« Er ging weiter in ein großes Büro, das pragmatisch eingerichtet war. Graue Büromöbel, ein Computer, Aktenschränke und ein runder Tisch für kleinere Besprechungen. Ein Gummibaum in der Ecke sorgte für etwas Ambiente. An der Wand hingen einige gerahmte Zertifikate und Auszeichnungen, außerdem Bilder von Einsätzen. Mark erkannte einen »Dingo«, ein gepanzertes Patrouillenfahrzeug, das unter anderem in Afghanistan zum Einsatz kam. Eine Verbindungstür führte in ein zweites, etwas kleineres, aber genauso eingerichtetes Büro. »Das ist deins«, sagte Michael. »Wenn du mehr Grünzeug willst, sag einfach Bescheid.«

Marks Enttäuschung verflüchtigte sich allmählich. Die Einrichtung war brandneu, alles wirkte durch und durch professionell.

»Das Besprechungszimmer ist am Ende des Ganges.« Michael verließ den Raum durch die zweite Tür und kurz darauf standen sie in einem schlauchartigen Raum mit nur einem Fenster. An den Wänden hingen Landkarten und Pläne des Cannstatter Wasens. Auf einem Flipchart waren ein paar Punkte wie »Gefahrenanalyse«, »Flaschenhalseffekt«, »Evakuierung«, »Prävention« und »Erste Hilfe« aufgelistet. Auf einem Tisch in der Ecke lagen Analog- und Digitalfunkgeräte, Stichschutzwesten, Handschellen und ein paar Dosen Pfefferspray.

»Keine Dienstwaffe«, erklärte Michael.

Mark nickte. Er wusste, wie es im privaten Sektor ablief. Einen Waffenschein bekam nur, wer eine nachweislich gefährdete Person schützte oder Wertsachen transportierte. »Ist Fiona unsere Zentrale?«, wollte er wissen.

Michael schüttelte den Kopf. »Wir haben noch keinen Kommandoführer im Innendienst, Fiona kümmert sich um den ganzen Papierkram. IT und Steuern werden extern erledigt. Alarme gehen per SMS oder Mail direkt bei uns ein, für den Wasen haben wir eine gemeinsame Einsatzleitstelle mit der Polizei, der Feuerwehr und den Sanitätsdiensten.«

»Wo sind die anderen Mitarbeiter?«, fragte Mark.

»Die trommle ich erst zusammen, wenn wir bereit sind für die erste Einsatzbesprechung. Die meisten von ihnen arbeiten noch bei anderen Sicherheitsfirmen.«

»Keine schwarzen Schafe?«

Michael verzog das Gesicht. »Ich hab mein Bestes getan. Aber du weißt selber, dass man bei diesen Jobs nicht nur die Sahne abschöpfen kann.« Er ging zu einem Schrank und holte einen Armvoll Akten hervor. »Das sind die Bewerber, die ich noch nicht sichten konnte.« Er drückte Mark den Stapel in die Hand. »Sieh dir die Lebensläufe durch, dann laden wir sie zu einem Gespräch ein.«

Mark verkniff sich ein Stöhnen. Schon wieder ein Schreibtischjob!

»Vorher zeige ich dir aber erst noch die Wohnung.« Michael holte einen Schlüssel aus seinem Büro und verließ mit Mark das Haus. Auf der Rückseite gab es einen Treppenaufgang, der zu einer Mansardenwohnung führte. Auf dem Weg holte Mark seine Tasche aus dem Auto.

»Sie ist klein, aber fürs Erste sollte es reichen«, sagte Michael entschuldigend, als er aufgeschlossen hatte.

Sie betraten ein ausgebautes Dachgeschoss, das aus einem großen Zimmer mit offenen Balken, einem Bad und einer kleinen Küchenzeile bestand. Durch vier große Dachfenster fiel Sonnenlicht auf den Parkettboden.

»Nett«, kommentierte Mark. »Damit kann ich mich anfreunden.« Er warf seine Tasche aufs Bett. »Hast du schon einen Fuhrpark?«

Michael nickte. »Die Garage ist im Hof.«

Sie verließen die Wohnung, überquerten den Hof und steuerten auf die Fachwerkscheune zu. Darin befanden sich eine schwarze Mercedes S-Klasse, ein Audi Q7 und ein 7er BMW. Allesamt waren brandneu und auf Hochglanz poliert.

Mark pfiff durch die Zähne. »Wow! Nicht schlecht. Sind die abbezahlt?«

Michael Kuhn schüttelte den Kopf. »Geleast.«

»Trotzdem nicht billig«, stellte Mark fest.

»Die sind unser Aushängeschild. Da wird nicht gespart.«

Obwohl Mark vorgehabt hatte, die Wanze in seinem Passat erst mal hintanzustellen, fragte er: »Haben wir Sweeper?«

»Klar. Ich suche die Büros und die Wagen regelmäßig nach Abhörgeräten ab. Außerdem wird vor jeder Fahrt ein kompletter Check durchgeführt.« Michael Kuhn gab Mark zu verstehen, ihm zurück zum Haus zu folgen. Dort druckte er einen Vertrag für Mark aus, den er ihm vor die Nase legte. »Lies dir alles in Ruhe durch und unterschreib dann.« Er tippte mit dem Finger auf das Gehalt. »Ist das okay für dich?«

Mark verschluckte sich fast. Der Betrag war höher als das, was er als Oberleutnant bei der Bundeswehr verdient hatte. »Sieht gut aus.« Er erhob sich. »Dann lege ich mal los.«

»Ich bin hier im Büro. Melde dich, wenn du Fragen hast.«

Mark holte die Akten aus dem Besprechungszimmer, wo er sie auf dem Tisch abgelegt hatte, und machte sich an die Arbeit. Die nächsten Stunden wühlte er sich durch Papier, bis er schließlich zwei Dutzend Bewerber in der engeren Wahl hatte. Nachdem er seine Favoriten mit Michael besprochen hatte, schickte der Einladungen zu Vorstellungsgesprächen raus. »Ich muss jetzt zu einem Treffen mit dem Veranstalter«, sagte er, nachdem alle Mails versandt waren. »Kannst du dich um den Rest kümmern?«

»Du meinst die Koordination mit dem Ordnungsamt, der Polizei, der Feuerwehr und den Rettungsdiensten?«

Michael nickte.

»Welche Dienststellen sind denn zuständig?«

Michael nannte ihm die Verantwortlichen.

»Alles klar. Wenn ich damit fertig bin, fahre ich noch kurz beim Präsidium am Pragsattel vorbei«, sagte Mark.

Michael zog fragend die Brauen hoch.

»Jemanden informieren, dass ich in der Stadt bin«, war Marks knappe Antwort. Bevor er sich mit den Akten in sein neues Büro zurückzog, holte er sich einen Sweeper und legte ihn in die Schublade seines Schreibtisches. Wenn er nach Bad Cannstatt fuhr, würde er seinen Wagen nach weiteren Wanzen absuchen.

*

Der Bullige hatte nicht lange gebraucht, um die Männer zusammenzutrommeln, die sich um den runden Tisch drängten. Das Büro, das er angemietet hatte, beschäftigte sich laut Klingelschild mit »Gesundheitsdienstleistungen«, was im engeren Sinn nicht ganz falsch war. Ein Laptop, auf dem kaum Software installiert war, stand aufgeklappt auf dem Schreibtisch, sonst gab es nicht viel Büromaterial in dem Raum. Alle Anwesenden trugen Waffen, die meisten von ihnen ohne offizielle Erlaubnis.

»Wir haben einen Auftrag«, sagte der Bullige.

»Ich dachte, wir tauchen eine Weile unter?«, meldete sich ein blonder Hüne mit einem Vollbart zu Wort. »Bis sich der Rauch verzogen hat.«

Der Bullige bedachte ihn mit einem Blick, der ihn verstummen ließ. »Manchmal ist der Zufall gegen einen, manchmal spielt er einem in die Hände.« Er lächelte. »In diesem Fall fiel uns der Auftrag in den Schoß.« Er erklärte den Anwesenden, worum es ging. »So einfach, wie einem Kind den Schnuller zu klauen«, sagte er schließlich.

»Fast zu einfach«, wandte der Blonde ein. »Was, wenn es eine Falle ist?«

»Glaub mir, die Auftraggeber sind nicht clever genug, um uns eine Falle zu stellen. Offenbar haben ihre eigenen Leute den Job vergeigt und jetzt sollen wir ihren Dreck wegräumen.«

»Was bringt der Auftrag ein?«

»Das Übliche.«

»Dann bin ich dabei.«

»Ich auch.«

»Zwei von uns sollten genügen.« Er tippte auf dem Laptop herum und gab den Männern ein paar Informationen. »Erledigt es so schnell wie möglich. Je eher wir wieder richtig ins Geschäft einsteigen, desto besser.«

KAPITEL 7

Stuttgart, September 2017

Lisa Schäfer stöhnte, als ihr Telefon klingelte. »Schon wieder?« Seit sie zurück im Büro war, schien das verdammte Ding ihr den letzten Nerv rauben zu wollen. Widerwillig nahm sie den Hörer ab. »Schäfer«, meldete sie sich.

»Hier ist Doktor Aydin.«

Augenblicklich fiel aller Missmut von Lisa ab. »Haben Sie Neuigkeiten für uns?«

»Der Patient ist aufgewacht«, informierte sie die Ärztin. »Wenn Sie mit ihm sprechen wollen …«

»Natürlich wollen wir mit ihm sprechen!« Lisa sprang von ihrem Stuhl auf und gab Jonas Kling ein Zeichen. »Sorgen Sie dafür, dass er nicht wieder einschläft, bevor wir da sind«, bat sie die Ärztin.

»Ich kann es versuchen. Aber wenn sich sein Zustand verschlechtert, versetzen wir ihn wieder ins künstliche Koma.«

»Wir beeilen uns«, versprach Lisa und legte auf.

»Was ist?« Jonas sah sie fragend an.

»Das Opfer ist wach.«

Im Laufschritt begaben sie sich zum Parkplatz und rasten kurz darauf in Richtung Robert-Bosch-Krankenhaus. Wäre irgendwo ein Blitzer gewesen, hätte es sie ganz sicher erwischt. Allerdings waren Lisa Verkehrsregeln im Moment egal. Beaker hatte bestätigt, dass es sich bei dem Projektil um eine Kugel aus einer 45er handelte, wodurch der Fall eine neue Dimension bekam. Wer schoss jemandem mitten im Wald mit einer großkalibrigen Waffe in den Rücken? Handelte es sich um eine Beziehungstat? Oder war ein Streit unter Kriminellen eskaliert? Beim Krankenhaus angekommen, parkte Lisa den Dienstwagen vor einem Altglascontainer und joggte mit Jonas zum Eingang. Sie war außer Atem, als sie die Intensivstation erreichten. »Wo ist er?«, fragte sie Doktor Aydin, sobald sie sie entdeckte.

»Ich kann nicht genug betonen, wie kritisch sein Zustand ist«, warnte die Ärztin.

Lisa nickte ungeduldig. »Welches Zimmer?«

Doktor Aydin brachte sie zu einem Raum, in dem ein bleicher junger Mann in einem Bett lag. Wäre er nicht so käsig gewesen, hätte er selbst in Krankenhauskleidung ausgesehen wie ein Model. Sein Kiefer war kantig, die Brauen dicht und dunkel. Sein Haar war so schwarz, dass Lisa annahm, es war gefärbt. Ein Schlauch steckte in seiner Nase. Seine Lippen hatten fast dieselbe Farbe wie seine Haut.

»Fünf Minuten. Mehr kann ich Ihnen nicht erlauben«, sagte die Ärztin. Sie wandte sich zum Gehen.

Lisa wartete, bis sie den Raum verlassen hatte, ehe sie einen Stuhl heranzog und sich neben das Bett setzte. »Wir sind von der Kriminalpolizei«, erklärte sie dem jungen Mann. Sein Blick wanderte zu dem Dienstausweis, den Lisa hochhielt. »Können Sie mich verstehen?«

Er nickte schwach.

»Wie heißen Sie?

»Alex.«

»Alex. Und weiter?«

»Riedmaier.«

Lisa notierte sich seinen Namen.

»Wissen Sie, wer Sie angeschossen hat?«

Er schloss die Augen. Einen Moment lang fürchtete Lisa, dass er eingeschlafen war, doch dann bewegte er kaum wahrnehmbar den Kopf.

»War das ein Ja?«, hakte sie nach.

»Ja.« Seine Stimme klang heiser.

»Können Sie uns einen Namen nennen?«, mischte Jonas sich ein.

Der junge Mann schloss erneut die Augen. Eine Träne lief an seiner Wange hinab und versickerte im Kopfkissen.

Lisa tauschte einen Blick mit Jonas. Sie bewegte lautlos die Lippen: »Schläft er?«

Jonas zuckte die Achseln.

»Können Sie uns einen Namen nennen?«, wiederholte sie die Frage.

Der Patient verriet mit keiner Regung, dass er sie gehört hatte.

»Vergiss es«, flüsterte Jonas. »Es hat keinen Sinn.«

Lisa schüttelte den Kopf. Sie stand auf und beugte sich über den jungen Mann, um zu hören, ob er noch atmete. Irgendwie sah er leblos aus mit all den Schläuchen und der fast durchsichtigen Haut.

Als sie ihn sanft am Arm berühren wollte, schlug er die Augen wieder auf. Furcht lag in ihnen. »Ahu«, hauchte er.

»Wie bitte?« Lisa wusste nicht, ob sie ihn richtig verstanden hatte.

»Ahu.«

»Ahu?« Lisa verstand nur Bahnhof. »Was ist Ahu?«

Aber die Kraft schien den jungen Mann endgültig verlassen zu haben.

»Es ist genug«, unterbrach Doktor Aydin sie. Ohne dass Lisa es bemerkt hatte, war die Ärztin zurück ins Zimmer gekommen. Sie griff nach der Hand des Patienten und fühlte seinen Puls. »Sie müssen gehen. Er braucht jetzt Ruhe.«

»Aber …«, protestierte Lisa.

»Kein Aber«, unterbrach sie Doktor Aydin streng. »Das Wohl meines Patienten geht vor.« Sie warf Lisa einen Blick zu, der klarmachte, dass sie keine Widerrede duldete. »Sie können wiederkommen, wenn es ihm besser geht.«

»Rufen Sie mich an?«

Die Ärztin versprach, ihnen Bescheid zu sagen.

»Das hat ja nicht viel gebracht«, stellte Jonas fest, als sie wieder auf dem Korridor waren.

»Wenigstens kennen wir jetzt seinen Namen. Vielleicht finden wir Zeugen, irgendjemanden, der weiß, mit wem er zu tun hatte.«

»Was ist Ahu?«

Lisa zuckte die Achseln. »Ich habe absolut keine Ahnung.«

Zurück im Präsidium, recherchierten sie den Namen Alex Riedmaier und fanden heraus, dass jemand mit diesem Namen im Studentenwohnheim in der Rosensteinstraße gelistet war.

»Das ist gleich um die Ecke«, stellte Jonas fest. »Wenn das kein Wink des Schicksals ist.«

Lisa war nicht so optimistisch, trotzdem schrieb sie sich die Adresse auf und machte sich mit Jonas zurück auf den Weg zum Parkplatz hinter der Dienststelle. Die Fahrt zu dem Wohnheim dauerte keine 5 Minuten. Es handelte sich um einen Zweckbau aus Beton, mit halbrunden Balkonen, der gar nicht mal so hässlich war. Vor dem siebenstöckigen Gebäude standen ein paar alte Autos, reichlich Fahrräder und ein paar Einkaufswagen, die die Studenten offenbar zweckentfremdet hatten.

»Hoffentlich sind die nicht alle an der Uni«, sagte Jonas.

Lisa lachte. »Seit wann sind Studenten immer an der Uni?« Sie ging zum Eingang und suchte die Klingelschilder nach dem Namen des Opfers ab. »Da.« Sie zeigte auf einen schlampig angebrachten Aufkleber. »Vierter Stock.« Sie drückte alle Klingelknöpfe auf derselben Etage. Wenig später summte der Türöffner.

»So viel zur Sicherheit«, brummte Jonas.

Sie verzichteten auf den Lift und nahmen die Treppe. Das Treppenhaus wirkte sauber, es roch sogar leicht nach Putzmittel. Offenbar beschäftigte das Studentenwerk eine Putzfrau. Im vierten Stock angekommen, änderte sich das Bild. Vor den Türen der Zimmer standen Schuhe und Getränkekästen. Ein Mülleimer an der Wand quoll fast über. Nasse Fußspuren führten von der Gemeinschaftsdusche zu einem Raum, der sich als Küche entpuppte, als Lisa und Jonas nachsahen. Ein junger Mann, der nichts trug außer einem Handtuch um die Hüften, fummelte an einer steinalten Kaffeemaschine herum.

»Hallo?«

Er wirbelte herum.

»Wir sind von der Kriminalpolizei«, erklärte Lisa. »Wir hätten ein paar Fragen zu Alex Riedmaier.«

»Zu wem?« Der Student sah sie fragend an.

»Einer ihrer Mitbewohner«, erklärte Lukas.

Der junge Mann zuckte die Achseln. »Kenne ich nicht. Sorry.«

»Na, prima«, murmelte Lisa. Sie ließen Mister Handtuch allein und suchten nach dem Zimmer des Opfers.

»4C, das muss es sein.« Jonas zeigte auf eine Tür.

Lisa wollte gerade versuchen, ob sie verschlossen war, als ihr Handy klingelte. Mit einem Stirnrunzeln sah sie auf die Rufnummer. »Das Krankenhaus.« Sie nahm den Anruf an.

»Hier ist Doktor Aydin.« Die Stimme der Ärztin überschlug sich fast. Sie klang hysterisch.

»Was …?«

»Der Patient ist tot!«

KAPITEL 8

Stuttgart, September 2017

»Heilige Scheiße!« Lisa ließ das Telefon fast fallen, als sie es zurück in die Tasche stecken wollte. »Alex Riedmaier ist tot!«

»Wie, tot?«

»Keine Ahnung, was passiert ist«, gab Lisa zurück. »Ruf Thomas an und sag ihm, dass wir noch mal ins Krankenhaus fahren.«

Jonas tat, wie geheißen. »Er sagt Beaker und dem Rechtsmediziner Bescheid«, informierte er Lisa, sobald er aufgelegt hatte.

Aber Lisa hörte ihn kaum mehr, da sie schon bei der Treppe war und – immer zwei Stufen auf einmal nehmend – nach unten rannte. »Komm schon!«, rief sie über die Schulter zurück.

Dieses Mal pappte sie das Magnetblaulicht aufs Dach, auch wenn es in so einer Situation eigentlich nicht erlaubt war. In halsbrecherischem Tempo fuhr sie zurück zum Robert-Bosch-Krankenhaus, wo sie von einer völlig aufgelösten Doktor Aydin empfangen wurden.

»Was ist passiert?«, keuchte Lisa.

»Plötzlich haben die Apparate verrücktgespielt«, erwiderte die Ärztin. »Ich glaube, er ist umgebracht worden.«

»Was?« Lisa glaubte ihren Ohren nicht zu trauen.

»Ich kann es mir nicht erklären«, stöhnte Doktor Aydin.

Ohne weiter auf sie zu achten, eilte Lisa zu dem Krankenzimmer und starrte ungläubig auf den jungen Mann. »Scheiße!«, murmelte sie erneut, als sie sich über ihn beugte und die Petechien entdeckte – stecknadelkopfgroße Blutungen in seinen Augen.

»Sieht aus, als ob er erwürgt worden ist«, sagte Jonas, der neben sie getreten war. Er zeigte auf den Hals des Opfers, an dem sich dunkle Blutergüsse abzeichneten.

»Haben Sie hier Videokameras?«, fragte Lisa so ruhig wie möglich.

Doktor Aydin schüttelte den Kopf. »Die Privatsphäre …«

»Toll!«, fiel Lisa ihr barsch ins Wort. »Ist Ihnen jemand aufgefallen, der nicht hierhergehört?«

Die Ärztin schüttelte den Kopf. »Ich war bis vor kurzem im OP.«

»Was ist mit den Schwestern?«, hakte Jonas nach.

»Die können Sie befragen.« Doktor Aydin warf dem Toten einen letzten Blick zu, dann führte sie Lisa und Jonas zum Schwesternzimmer.

Allerdings war auch dort niemandem etwas Ungewöhnliches aufgefallen.

»Shit!«, stöhnte Lisa und fuhr sich mit den Fingern durchs Haar. Was ging hier vor? Wer schoss einem Mann erst in den Rücken und nahm dann das Risiko auf sich, ihn im Krankenhaus zu erdrosseln? In was war Riedmaier verwickelt gewesen? Und was zum Teufel hieß »Ahu«? War es überhaupt ein Wort? Oder eine Abkürzung? Sie rief ihren Chef an und erklärte ihm die Sachlage. »Was sollen wir jetzt tun?«

»Wartet auf den Rechtsmediziner, damit er euch was zur Todesart sagen kann und ob eine Obduktion angeordnet werden soll«, wies Thomas Fuchs sie an. »Dann fahrt zurück zum Wohnheim des Opfers und versucht rauszufinden, wer etwas gegen ihn gehabt haben könnte. Beaker sieht sich derweil den Tatort an. Vielleicht entdeckt er was.«

»Das glaube ich kaum«, gab Lisa zurück. »Hier ist inzwischen das halbe Krankenhaus durchgelatscht.«

»Vielleicht ist trotzdem noch was zu finden.«

»Alles klar.« Lisa verstaute ihr Handy und sah sich um. »Irgendwo muss es doch Kameras geben«, brummte sie.

»Vermutlich am Haupteingang«, sagte Jonas.

»Kannst du das rausfinden?«, bat Lisa. »Ich bleibe hier und warte auf Beaker und den Rechtsmediziner.« Sie hoffte inständig, dass nicht wieder Doktor Hochstätter der zuständige Obduzent war, weil sie den Kerl leiden konnte wie Zahnweh. Er war ein arroganter Arsch, der sich für ein Geschenk Gottes an die Weiblichkeit hielt.

Es dauerte allerdings fast eine halbe Stunde, bis Beaker mit einem Team der Spurensicherung auftauchte. Von Jonas und dem Rechtsmediziner war weit und breit nichts zu sehen. Lisa fragte sich, warum Jonas so lange brauchte. Es konnte doch nicht schwer sein rauszufinden, ob der Eingangsbereich kameraüberwacht war.

»Mal was anderes«, brummte Beaker. Er steckte bereits in einem weißen Spusi-Overall. In der Hand hatte er einen Tatortkoffer und Absperrband.

»Kann ich euch kurz alleine lassen?«, fragte Lisa.

»Keine Sorge, wir kriegen das hin«, witzelte Beaker.

Lisa schnitt eine Grimasse. »Ich gehe nachsehen, wo Jonas bleibt.«

Beaker verscheuchte sie mit einer Handbewegung, als ob sie eine lästige Fliege wäre. »Je weniger Leute uns auf den Füßen rumtreten, desto besser«, sagte er.

Lisa musste nicht lange suchen, bis sie Jonas fand. Er war in ein gestenreiches Gespräch mit einem Mann im weißen Kittel vertieft.

»Gerichtsbeschluss«, hörte Lisa ihn sagen.

Jonas machte den Mund auf, um etwas zu erwidern, aber der Mann würgte ihn ab.

»Probleme?«, fragte Lisa.

Jonas kehrte dem Mann den Rücken und kam auf sie zu. »Der rückt die Aufnahmen nur mit einem richterlichen Beschluss raus«, sagte er.

»Dann besorgen wir halt einen. Sag Thomas, er soll sich darum kümmern.« Sie ließ Jonas stehen und machte sich auf den Weg zurück zur Intensivstation. Dort stieß sie beinahe mit Doktor Hochstätter zusammen, der aus dem Lift stieg. Lisa verkniff sich ein Stöhnen.

Er nickte ihr hochnäsig zu. »Worum geht es?«, fragte er.

»Todesartbestimmung und Obduktion«, gab Lisa kurz angebunden zurück.

»Aha.« Er schenkte ihr ein falsches Lächeln. Wie immer war er topmodisch gekleidet, steckte in teuren Lederschuhen und einem Hemd mit irgendeinem schicken Logo. »Sind die Kriminaltechniker schon da?«

Lisa nickte.

»Aber die Leiche darf ich mir ansehen, ja?«, fragte Hochstätter schnippisch. Er war schon mehr als einmal mit Beaker aneinandergerasselt, weil Beaker es nicht leiden konnte, wenn man durch seinen Tatort walzte. Ohne Spusi-Anzug ließ er niemanden hinter die Absperrung, nicht einmal den SOKO-Leiter.

»Wenn Sie nett fragen«, gab Lisa lakonisch zurück. Insgeheim wünschte sie sich, dass Beaker den Kerl ein bisschen zurechtstutzen würde.

Allerdings benahmen sich die beiden an diesem Tag ungewohnt zivilisiert, weshalb es nicht lange dauerte, bis Doktor Hochstätter sich wieder aus dem Einwegoverall schälte. »Die Todesart ist eindeutig unnatürlich«, sagte er.

»Danke.« Mehr wollte Lisa nicht hören. »Rufen Sie mich an, wenn es einen Termin für die Obduktion gibt.« Sie griff erneut nach dem Telefon, sagte ihrem Chef Bescheid und war wenig später mit Jonas auf dem Rückweg zum Wagen.

»Was jetzt?«, wollte der wissen.

»Noch mal zum Studentenwohnheim«, gab Lisa zurück.

Zu ihrer Enttäuschung brachte die Befragung der Studenten jedoch nicht viel. Keiner schien engeren Kontakt zu dem Opfer gehabt zu haben, nur einer der jungen Männer war ab und zu mit Alex Riedmaier in der Küche zusammengesessen.

»Er hat nebenher gemodelt«, sagte er. »Ich weiß aber nicht, für welches Label.«

»Wissen Sie, ob er eine Freundin hatte? Oder einen Freund?«, wollte Jonas wissen.

Der junge Mann blies die Wangen auf. »Ich hab ihn ein oder zwei Mal mit einem Mädchen gesehen. Die sah echt toll aus. Vielleicht auch ein Model?«

»Kennen Sie ihren Namen?«

Er schüttelte den Kopf.

»Dann sehen wir uns mal in seinem Zimmer um«, schlug Jonas vor.

Nachdem sie einen Hausmeister ausfindig gemacht hatte, der ihnen die Tür aufschloss, zog Lisa als Erstes die Rollläden hoch.

»Ordentlich«, kommentierte Jonas trocken.

Tatsächlich sah es in der Bude aus, als ob sie frisch geputzt worden wäre.

»Guck mal, da.« Jonas zeigte auf ein gerahmtes Foto auf dem Schreibtisch. »Vielleicht ist das seine Freundin.«

»Wer rahmt sich denn heute noch Fotos?«, wunderte sich Lisa. »Ich dachte, die hat man nur noch auf dem Handy.«

»Unser Opfer war offenbar altmodisch.« Jonas zog sich Nitrilhandschuhe an und befreite das Bild aus dem

Rahmen. »Nichts«, sagte er, nachdem er es umgedreht hatte. »Wäre auch zu schön gewesen.«

»Hier ist ein Handy.« Lisa zog ein Telefon aus einer Laptoptasche, die auf dem Boden stand. »Was ist das denn?« Sie holte eine durchsichtige Tüte aus der Tasche.

Jonas trat zu ihr und beäugte den Fund. »Das ist eine ganz gewaltige Menge Koks«, stellte er trocken fest.

KAPITEL 9

Stuttgart, September 2017

Die junge Frau sah mit einem Lächeln in den Spiegel und zog ihren weinroten Lippenstift nach. Aus ihrem iPod tönte der neueste Rita-Ora-Song, den sie ein bisschen schräg mitsummte. Sie zupfte sich ein paar Härchen aus den Augenbrauen und blies sich den Pony aus dem Gesicht. Ihr Lidstrich saß perfekt, das teure Make-Up unterstrich ihre ohnehin makellose Haut. Während sie in der Schublade ihres Badschränkchens nach ein paar Haarklammern suchte, malte sie sich aus, was sie ihren Freundinnen erzählen würde. Einige von ihnen waren ziemlich spießig, aber sie würden sie trotzdem beneiden. Sie *mussten* sie einfach beneiden, weil sie sich fühlte wie eine Prinzessin aus einem Märchen. Sie grinste ihr Spiegelbild an und machte einen Kussmund. Na ja, vielleicht nicht ganz wie eine Prinzessin. Aber in ihr brummte und vibrierte, flatterte und gluckste es, wenn sie nur daran dachte, wie viel Glück sie hatte. Noch vor ein paar Jahren hätte sie nie zu träumen gewagt …

Ein Geräusch unterbrach ihre Gedanken.

Sie legte die Klammern auf den Rand des Waschbeckens und machte die Musik leiser.

Da war es wieder. Ein Kratzen, als ob sich ein Hund oder eine Katze an ihrer Wohnungstür die Krallen wetzte. Sie schaltete den iPod ganz aus, runzelte die Stirn und verließ das Badezimmer. Auf dem Weg zur Tür durchquerte sie ihr kleines Wohnzimmer.

Das Kratzen wurde lauter.

»Hallo? Ist da jemand?« Plötzlich schlug ihr das Herz in der Kehle. Waren Einbrecher vor ihrer Tür? Immer wieder las man von Leuten, die in ihrer eigenen Wohnung angegriffen, vergewaltigt oder sogar ermordet wurden.

Auf Zehenspitzen schlich sie von der Tür fort, zurück ins Wohnzimmer, wo ihre Handtasche lag. Fahrig wühlte sie darin herum, bis sie ihr Handy fand. Mit zitternden Fingern gab sie die PIN ein, um die Polizei anzurufen.

Allerdings kam sie nicht dazu, da in diesem Moment die Tür aufflog und zwei Männer in ihr Apartment stürmten.

»Oh mein Gott!«, keuchte sie, als sie die Waffen in den Händen der Männer sah. »Hilfe!« Voller Panik machte sie auf dem Absatz kehrt, rannte in ihr Schlafzimmer und schlug die Tür hinter sich zu. In letzter Sekunde gelang es ihr, den Schlüssel herumzudrehen.

»Tritt sie ein«, hörte sie einen der Angreifer sagen.

»Ohgottohgottohgott«, wimmerte sie. Wie ein Kaninchen in der Falle rannte sie von einer Ecke des Zimmers in die andere und kroch in letzter Sekunde in ihren Kleiderschrank. Ein Teil von ihr wusste, dass es sinnlos war, doch ein anderer Teil hoffte, dass die Männer einfach wieder gehen würden.

Die Tür des Schlafzimmers gab splitternd nach.

Als eine Kugel in das Holz dicht neben ihrem Kopf einschlug, schrie sie auf.

»Komm raus!«, erklang eine tiefe Stimme.

Weinend machte sie sich noch kleiner, umschlang die Beine mit den Armen und vergrub den Kopf zwischen den Knien. Das durfte nicht sein, konnte nicht sein! Sie war doch gerade noch so glücklich gewesen.

Eine weitere Kugel durchschlug die Schranktür.

Die dritte traf sie mitten in die Stirn.

KAPITEL 10

Stuttgart, September 2017

Den Rest des Tages verbrachten Lisa und Jonas damit, sich weiter in dem Studentenwohnheim umzuhören und Kommilitonen von Alex Riedmaier zu befragen. Niemand kannte den Namen seiner Freundin, was Lisa ziemlich merkwürdig vorkam. Posteten junge Leute heutzutage nicht jeden Pups bei Instagram? Das Koks hatte die Kriminaltechnik übernommen, das Handy hatte Lisa zu den Kollegen von der IT-Beweissicherung geschickt. Die saßen im PAP, dem Polizeiareal Pragstraße, unweit von Lisas Dienststelle. Es würde eine Weile dauern, bis sie es komplett gespiegelt hatten und die Ermittler Zugang zu den Daten bekamen. Thomas Fuchs hatte in der Zwischenzeit eine SOKO zusammengetrommelt, doch bisher hielten sich die Erkenntnisse in Grenzen. Die Obduktion war für morgen früh anberaumt. Als Lisa nach der Besprechung am Abend ihre Sachen zusammenpackte, klingelte ihr Telefon. Ein Blick aufs Display verriet ihr, dass es einer der Pförtner war.

»Schäfer«, meldete sie sich.

»Hier ist Besuch für Sie. Ein Mark Becker.«

Lisa glaubte nicht richtig gehört zu haben. »Becker?«

»Ja. Er sagt, er kennt Sie. Soll ich ihn hochschicken?«

Lisa verkniff sich ein Stöhnen. Was zum Geier wollte Becker von ihr? Warum war er überhaupt in Stuttgart? Gab es schon wieder Probleme mit einem Bundeswehr-Fuzzi? Allein die Vorstellung, wieder mit ihm zusammenarbeiten zu müssen, brachte sie auf Touren. Die letzte gemeinsame Aktion war alles andere als reibungslos verlaufen, genau wie die davor. Einen Augenblick lang war sie versucht, dem Pförtner zu sagen, dass Mark ihr im Mondschein begegnen konnte. Doch dann gewann die Neugier die Oberhand. »Ich komme runter«, seufzte sie. Es war ohnehin Zeit, Feierabend zu machen. Morgen würde es ein langer Tag werden.

Mit gemischten Gefühlen verließ sie das Gebäude und erreichte wenig später die Pforte. Tatsächlich stand Mark Becker in dem kleinen Glashäuschen und grinste ihr breit entgegen. Es war also kein schlechter Scherz gewesen. Lisa gab ihm zu verstehen, das Pförtnerhaus zu verlassen und auf der anderen Seite der Drehtür auf sie zu warten. Dann hielt sie ihren Chip an das elektronische Lesegerät und zwängte sich durch die Metallstäbe.

»Was willst du denn hier?«, begrüßte sie Mark. Sie musterte ihn von oben bis unten. Anstatt in seinem albernen Flecktarn-Strampelanzug steckte er in einem teuren Zwirn, der ihn ziemlich gut aussehen ließ.

»Freut mich auch, dich zu sehen«, gab er mit einem Lachen zurück. »Du siehst gut aus.«

»Klar.« Lisa schnitt eine Grimasse. »Nach fast zwölf Stunden Arbeit sehe ich bestimmt aus wie aus dem Ei gepellt.«

Mark musterte sie ungeniert von oben bis unten, was ihr aus irgendeinem Grund unangenehm war. »Was gibt's?«, fragte sie.

Mark schien einen Augenblick zu überlegen. Dann sagte er: »Hast du Hunger?«

Lisa blinzelte ungläubig. »Du bist hier, weil du was essen willst?« Verarschte er sie?

Mark zuckte die Achseln. »Nicht nur. Ich wollte auch was mit dir besprechen.« Als sie ihn misstrauisch ansah, hob er lachend die Hände. »Nichts Schlimmes. Versprochen.«

Lisa holte tief Atem und gähnte. »Eigentlich bin ich todmüde.«

»Komm schon. Du hast doch bestimmt auch noch nichts gegessen.«

»Hunger hab ich schon.«

»Also?«

Lisa rümpfte die Nase. »Ich muss mich aber kurz frisch machen. Ich brauche neue Klamotten.«

»Okay.« Mark verschränkte die Arme vor der Brust. »Dann warte ich einfach hier.«

*

Mark sah ihr nach, als sie über den Parkplatz zu dem Apartmenthaus ging, in dem sie immer noch zu wohnen schien.

Bei ihrem letzten gemeinsamen Fall hatte er eine Nacht auf ihrer Bettcouch schlafen dürfen. Deshalb wusste er, dass sie nicht viel zu essen im Haus hatte. Der Tag war lang und anstrengend gewesen, das Hickhack mit dem Ordnungsamt mehr als nur ein bisschen nervtötend. Bis er endlich alle zuständigen Ansprechpartner ausfindig gemacht hatte, waren einige von ihnen schon im Feierabend gewesen. Eigentlich hatte er nur kurz bei Lisa im Büro vorbeischauen wollen, um sie über seinen neuen Job zu informieren. Doch dann war ihm die Idee mit dem Essen gekommen. Jetzt, wo er nicht mehr bei der Bundeswehr war und sie nicht zusammenarbeiten mussten … Er schüttelte den Kopf über sich selbst und ging zu dem Dienstwagen, den er bei den Altglascontainern vor dem Präsidium geparkt hatte. Er hatte sich gerade mit dem Rücken gegen die Fahrertür gelehnt, als sein Handy klingelte.

»Michael«, begrüßte er seinen neuen Geschäftspartner. »Was gibt's? Ich bin noch unterwegs.«

»Wie ist es gelaufen mit dem Wasen?«, fragte Michael Kuhn.

»Das Übliche. Keiner ist zuständig. Nichts, was wir nicht in den Griff kriegen.«

»Hör zu, ich weiß, dass das vielleicht ein bisschen viel ist am Anfang«, druckste Michael Kuhn.

»Was ist viel? Die Organisation? Mach dir keine Sorgen. Das Volksfest kann es nicht mit dem Theater aufnehmen, das nötig war, um einen General in einem Kriegsgebiet zu einer Verhandlung zu schaffen.« Mark lachte. »Hier fliegt wenigstens nichts in die Luft.«

»Das habe ich nicht gemeint«, gab Michael Kuhn zurück.

»Was dann?«

»Ich habe heute einen Auftrag reinbekommen, für den ich dich brauche.«

»Einen neuen Auftrag?«

»Ja. Personenschutz für zwei Musikerinnen.« Er nannte Namen, die Mark die Brauen heben ließen.

»Wow!«, war alles, was ihm auf die Schnelle einfiel. »Wie sind die denn auf dich gekommen?«

»Ich kenne ihren Manager«, erwiderte Michael Kuhn, als ob es das Selbstverständlichste auf der Welt wäre. »Jedenfalls kann ich den Auftrag ohne dich nicht machen. Ich brauche jemanden mit Erfahrung.«

»Du und ich?«, fragte Mark.

»Du und ich.«

Mark überlegte einen Augenblick. Die Sache mit dem Wasen war zwar nervig, aber nicht so komplex, wie er befürchtet hatte. Der Veranstalter hatte gute Vorarbeit geleistet. Wenn er alle Zuständigen zusammengetrommelt hatte, musste er sich nur noch vor Ort umsehen, mit den Handwerkern, den Zeltwirten und den Schaustellern reden.

»Ich kümmere mich um die Vorbereitungen«, unterbrach Michael Kuhn seine Gedanken.

»Wann geht der Job denn los?«, wollte Mark wissen.

»In drei Tagen.«

»Alles klar. Du kannst auf mich zählen«, sagte Mark. Da er Lisa über den Parkplatz auf sich zukommen sah, beeilte er sich, das Gespräch zu beenden.

»Das ging schnell«, kommentierte er, sobald sie den Wagen erreichte.

»Was ist denn das für eine Angeberkiste?«, fragte sie mit einem Kopfschütteln.

KAPITEL 11

Stuttgart, September 2017

Lisa beäugte den mitternachtsblauen 7er BMW kritisch. »Warst du bei einem Typberater?«, witzelte sie.

»Haha.« Mark ging um den Wagen herum und öffnete ihr die Beifahrertür.

»Echt jetzt?« Lisa sah ihn ungläubig an. »Du siehst aus wie ein überteuerter Chauffeur. Was ist mit deiner Uniform? Bist du Undercover oder so was?«

Mark schüttelte den Kopf.

Lisa stieg ein. »Also?«, bohrte sie nach, als Mark den Motor anließ.

»Ich bin nicht mehr bei der Bundeswehr«, sagte er.

»Was?«

»Ich bin jetzt Privatmann. Deshalb wollte ich dich heute im Büro besuchen.« Mark fuhr in Richtung Hauptstraße. »Wo willst du hin?«, fragte er.

Lisa zuckte die Achseln. »Mir egal. Zu irgendeinem Italiener in der Stadt. Nichts Schickimickimäßiges. Park irgendwo in der Nähe des Schlossplatzes.«

Mark reihte sich in den Verkehr ein.

»Bist du gefeuert worden?«, fragte Lisa nach kurzem Schweigen. »Wegen der Sache mit dem Attentat?« Sie sah, wie Marks Mund sich verhärtete, was ihm ein noch markanteres Profil verlieh. In dem Anzug sah er sowieso verdammt gut aus.

»Ich habe um meine Entlassung gebeten«, gab er schließlich zurück.

»Klar. Du. Rambo.« Lisa grinste.

»Sonst hätte ich ein Disziplinarverfahren am Hals gehabt.« Er klang wütend.

»Und was machst du jetzt?«, wollte Lisa wissen. »Dressman?«

Der harte Zug um Marks Mund wurde weicher. »Sah die Uniform so scheiße aus?«

»Hattet ihr keine Spiegel in eurer Kaserne?« Lisa zeigte nach vorn. »Fahr da lang, das ist kürzer.« Nachdem sie ihn zu einem Parkhaus gelotst hatte, stiegen sie aus und machten sich auf den Weg zum Schlossplatz. »Warum wolltest du zu mir?«, fragte Lisa. »Hat dein Job was mit uns zu tun?«

Mark schüttelte den Kopf. »Nicht direkt. Aber ich dachte, es sei nett, dich zu informieren. Ich bin bei einem alten Kameraden in die Firma eingestiegen.«

»Und was macht ihr?« Lisa sah zu ihm auf. »Herrgott! Lass dir doch nicht jedes Wort aus der Nase ziehen!« Er machte sie schon wieder verrückt. Jedes Mal, wenn sie in seiner Nähe war, verspürte sie über kurz oder lang das Bedürfnis, ihm einen Tritt in den Hintern zu geben.

»Im Moment kümmern wir uns um das Sicherheitskonzept für den Wasen.«

»Sicherheitstypen?«, fragte Lisa ungläubig. »Wie die …?

»Nein, wir heuern ganz sicher keine Söldner an«, fiel Mark ihr ins Wort. »Michael Kuhn, der ehemalige Kamerad, war früher beim MAD und beim BND. Der lässt sich auf keine krummen Sachen ein.«

»Ein Geheimdienstler.« Lisa wusste nicht genau, was sie mit dieser Information anfangen sollte. »Das heißt jetzt aber nicht, dass du mit einer Kanone durch Stuttgart rennst, oder?«

Mark lachte. »Nein. Die liegt zu Hause im Safe.«

»Na, Gott sei Dank!« Lisa zeigte auf ein schnuckliges kleines Restaurant am Rand des Schlossplatzes. »Dann zeig mal, dass du dich auch wie ein ganz normaler Mensch benehmen kannst.«

Mark hielt ihr die Tür auf und wenig später saßen sie an einem netten Fenstertisch. Das Restaurant war beliebt, aber nicht überfüllt, so wie Lisa es mochte. Ein bisschen Ambiente, keine Drängelei. Sie bestellte sich Tortellini mit Parmaschinken, Mark Saltimbocca mit Ofenkartoffeln. »Hast du eine Wohnung in Stuttgart?«, fragte Lisa.

Mark nahm einen Schluck Rotwein, bevor er antwortete. »Ich wohne erst mal über dem Büro. Sobald sich die Gelegenheit ergibt, suche ich mir was Eigenes.«

»Und dein Haus?«

»Das kann ich vermieten.«

Die nächste Stunde redeten sie über allerhand Belangloses. Als Mark die Rechnung verlangte und für sie bezahlte, protestierte Lisa.

»Das nächste Mal kannst du mich einladen«, gab er mit einem Grinsen zurück.

»Soso, das nächste Mal.« Lisa musste ebenfalls grinsen. Sie fühlte sich erstaunlich wohl in seiner Nähe. Und in dem Anzug sah er wirklich verdammt heiß aus. Sie ertappte sich dabei, wie sie sich vorstellte, was wohl unter dem blauen Hemd zu finden war. Als sie das Restaurant verließen, überlegte sie nur kurz. Dann fragte sie: »Wollen wir noch woanders hingehen?«

Marks Augen funkelten belustigt.

»Ich brauche ein bisschen Ablenkung.« Lisa sah herausfordernd zu ihm auf. »Oder hast du Angst vor mir?«

»Wohin willst du?«

»Da hinten ist eine nette Bar.« Lisa zeigte nach Westen.

»Du weißt schon, dass ich noch fahren muss.«

»Es gibt Taxis. Oder du schläfst bei mir.«

Mark zog die Brauen hoch.

»Gott! Stell dich nicht an wie ein Teenager«, prustete Lisa. Sie griff nach seinem Arm und zog ihn über den Schlossplatz. Sie hatte schon lange keinen Mann mehr mit nach Hause genommen. Aber wenn sie ehrlich zu sich war, hatte es zwischen ihr und Mark schon lange geknistert. Deshalb hatte sie sich auch so über ihn aufgeregt. Jetzt, wo er nicht mehr mit diesem bescheuerten Mützchen rumlief, sondern aussah wie ein Sahneschnittchen, gab es keinen Grund, nicht ein bisschen Spaß zu haben.

Sie waren beide erwachsen, und wenn sie ihn richtig einschätzte, war er nicht der klebrige Typ.

Als sie die Bar gegen zehn wieder verließen, hatte Lisa genug Wein getrunken, um ein bisschen albern zu sein, aber nicht so viel, dass sie nicht mehr klar denken konnte.

»Und jetzt?«, fragte Mark.

»Zu mir?« Lisa reckte sich auf die Zehenspitzen und zog seinen Kopf nach unten. Der Kuss schmeckte nach Wein und italienischen Kräutern.

Mark zierte sich nicht lange. Mit einer Hand drückte er sie an sich, während die andere sich in ihre Haare grub.

»Definitiv zu mir«, sagte Lisa, als sie nach Luft schnappte.

»Und ich dachte, du kannst mich nicht leiden.«

Sie lachte, zog ihr Handy aus der Tasche und wählte die Nummer eines Taxiunternehmens.

Zwanzig Minuten später schloss sie die Tür ihrer Wohnung auf.

»Bist du sicher?«, fragte Mark, als sie die Schuhe auszog und anfing, sich aus ihrem Oberteil zu schälen.

»Halt die Klappe!«

KAPITEL 12

Stuttgart, September 2017

Der Bullige kniff die Augen zusammen, um besser sehen zu können. Da weder die Wanze noch der GPS-Tracker, die er in Mark Beckers Auto angebracht hatte, frische Daten gesendet hatten, war er dem Signal gefolgt und stand jetzt vor dem Haus, in dem sich offenbar Beckers neuer Arbeitsplatz befand. Dass sein Wagen sich den ganzen Tag nicht bewegt hatte, konnte nur eines bedeuten: Er hatte ein Dienstfahrzeug.

Deshalb hatte Funkstille geherrscht, was den Bulligen zum Handeln zwang.

Der Rückhalt der anderen, was Mark Becker anging, schwand immer weiter. Die Mehrheit gab dem ehemaligen Feldjäger die Schuld daran, dass sie ihre Operationsbasis und ein paar ihrer besten Leute verloren hatten. Ganz zu schweigen von dem Schaden, den der missglückte Auftrag angerichtet hatte. Nur mit Mühe war es ihm bei ihrem letzten Treffen ein weiteres Mal gelungen, die anderen davon zu überzeugen, dass sie Becker brauchen konnten. Er hatte genau die Fähigkeiten, die sie dringend benötigten, und der Bullige war immer noch davon überzeugt, dass er die Grenze noch weiter überschreiten würde. Wer einmal die Regeln brach …

Da er annahm, dass das Areal der Sicherheitsfirma kameraüberwacht war, sah er davon ab, auszusteigen und einen Erkundungsgang zu machen. So wie die Dinge standen, würde ihm nichts anderes übrig bleiben, als eine Gelegenheit abzupassen, um Mark Beckers Dienstwagen ebenfalls zu verwanzen.

Er lehnte sich zurück und zog einen Eiweißriegel aus der Tasche. Vermutlich würde es eine lange Nacht werden. Obwohl das Ding nach Sägemehl schmeckte, biss er herzhaft hinein. Sollte er sich allerdings in Mark Becker täuschen, würde er ihm eigenhändig eine Kugel in den Kopf jagen.

KAPITEL 13

Stuttgart, September 2017

Als Mark am nächsten Morgen aufwachte, wusste er zuerst nicht, wo er war. Verwirrt blinzelnd, versuchte er, im Halbdunkel etwas zu erkennen. Als er Lisas blonden Schopf auf dem Kissen neben sich entdeckte, fiel ihm alles wieder ein. So leise wie möglich schlug er die Decke zurück und schwang die Beine aus dem Bett. Der Radiowecker auf Lisas Nachttisch verriet ihm, dass es kurz nach 5 war. Da er dringend pinkeln musste, schlich er sich aus dem Zimmer und tappte ins Bad. Ein bisschen kaltes Wasser im Gesicht half ihm, vollends wach zu werden. Grinsend betrachtete er sein Spiegelbild und fuhr sich über das stoppelige Kinn. Wenn er sich beeilte, konnte er sich in der Wohnung über der Firma noch kurz frisch machen, bevor er seinen Dienst antrat.

Er konnte es noch immer nicht richtig glauben, dass sie ihn abgeschleppt hatte. Bisher war er immer derjenige gewesen, der die Initiative ergriffen hatte, und es gefiel ihm, wie selbstbewusst und sexy sie war. Die Nacht mit ihr war unglaublich gewesen, ihr Körper hatte seine Fantasie sogar noch übertroffen. Sie war durchtrainiert und trotzdem unglaublich weiblich. Als sich sein bestes Stück zu Wort meldete, grinste er erneut.

»Wolltest du dich heimlich rausschleichen?« Ohne dass er es bemerkt hatte, war Lisa in der Badezimmertür aufgetaucht. Sie sah zerzaust fast noch heißer aus als zurechtgemacht.

»Ich wollte dich nicht wecken«, sagte Mark.

Lisa blinzelte ins Licht. »Willst du Kaffee?«

Mark schüttelte den Kopf. »Ich muss vor der Arbeit noch nach Hause, mich umziehen.«

Jetzt grinste Lisa. »Wieso? Sieht gut aus, so unrasiert.«

Er beugte sich zu ihr hinab und küsste sie. »Können wir das bald mal wiederholen?«

Ihr Grinsen wurde breiter. »Warum nicht? War gar nicht mal so übel.«

Er schob sie zur Seite. »Rufst du mich an, wenn du Zeit hast?«

Sie nagte auf ihrer Unterlippe herum, als ob sie überlegen müsste. Als Mark die Brauen hob, lachte sie. »Ich ruf dich an. Ich hoffe, der blöde Fall zieht sich nicht ewig hin, ich bin nämlich echt urlaubsreif.«

Nachdem Mark sich angezogen und noch einen Kuss abgestaubt hatte, rief er sich ein Taxi, das ihn zu seinem Wagen brachte. In bester Stimmung hielt er bei einem Bäcker an, besorgte sich ein belegtes Brötchen und einen Milchkaffee und fuhr nach Degerloch. Auf dem Weg fiel ihm etwas ein, was er eigentlich am Vortag hatte erledigen wollen. Da sein Telefon mit der Freisprechanlage verbunden war, drückte er auf den Knöpfen am Lenkrad herum, bis er die gesuchte Nummer fand. Obwohl es noch elendig früh war, hatte er kein schlechtes Gewissen. Lukas war vermutlich noch nicht mal ins Bett gegangen.

Das brummige »Hm?« am anderen Ende der Leitung verriet ihm jedoch, dass er sich geirrt hatte.

»Lukas? Ich bin's, Mark.«

»Weißt du, wie spät es ist?«, grantelte Lukas.

»Sorry, ich dachte, du bist noch wach.«

»Du glaubst wohl, ich mache jede Nacht durch.« Lukas hustete, im Hintergrund raschelte etwas. »Was ist denn los, dass du mich aus den Federn holen musst?«

Mark erzählte ihm von der Wanze, die er in seinem Passat entdeckt hatte. »Kann man irgendwie rausfinden, an wen das Ding Daten sendet?«, wollte er wissen.

Lukas gähnte. »Klar kann man das. Dazu brauche ich aber die Wanze.«

»Ich bin zurzeit in Stuttgart«, gab Mark zurück. »Neuer Job.«

»Ach was?« Lukas schien in die Küche gegangen zu sein, da Mark eine Kaffeemaschine mahlen hörte.

»Ja. Security.«

»Krass! Wie in dem coolen Film mit Kevin Costner? Bist du jetzt so ein Bodyguard-Typ, der reihenweise scharfe Ladys bewachen darf?«

Mark schüttelte den Kopf. Lukas war und blieb ein Pennäler. »Ob die scharf sind, weiß ich nicht«, gab er trocken zurück. »Und dieser Film war absoluter Bullshit.«

»Ach?«

»Jepp.« Mark überholte einen Fahrradfahrer, der sich tapfer die Weinsteige hinaufquälte. »Dann bring ich dir die Wanze vorbei, sobald ich Zeit hab«, sagte er. »Vielleicht schaffe ich es heute noch.«

»Mit wem hast du dich jetzt schon wieder angelegt? Oder hören die von der Bundeswehr dich ab?«

Der MAD? Dieser Gedanke war Mark auch schon gekommen. Allerdings würde sein ehemaliger Arbeitgeber eine Wanze wohl kaum so laienhaft anbringen. »Keine Ahnung. Das will ich ja rausfinden.«

»Okay. War's das? Dann gehe ich jetzt wieder ins Bett.« Lukas gähnte erneut.

»Geh ins Bett. Ich melde mich, wenn ich auf dem Weg zu dir bin.« Mark lachte und legte auf. Dann bog er nach links ab und hielt wenig später vor Michael Kuhns Firma. Obwohl es sie nichts anging, war Mark froh, dass weder Michael noch Fiona schon im Büro waren. Er fühlte sich ein bisschen wie ein Teenager, als er noch vor Sonnenaufgang die Treppe zu seiner Mansardenwohnung erklomm. Oben angekommen, stieg er erst mal in die Dusche, dann zog er sich frische Sachen an. Es war ein komisches Gefühl, das gemachte Bett zu sehen. Die erste Nacht in Stuttgart und gleich in ein fremdes Bett gefallen, schoss es ihm durch den Kopf, als er versuchte, nicht an Lisas Rundungen zu denken. Sie war wirklich scharf. Ob sich aus dem zwanglosen One-Night-Stand mehr entwickeln würde, blieb abzuwarten. Von seiner Seite aus wäre es okay. Er grinste. Vielleicht ein bisschen mehr als okay, setzte er in Gedanken hinzu.

Da er nichts anderes zu tun hatte, ging er ins Büro hinunter und sichtete die Akten der Bewerber, die sie für heute zum Gespräch eingeladen hatten. Viele von ihnen waren Aushilfskräfte, die nicht mehr vorzuweisen hatten als einen 40-stündigen IHK- Kurs für die Sachkundeprüfung nach § 34a der Gewerbeordnung, ein polizeiliches Führungszeugnis und eine Unbedenklichkeitserklärung der Ordnungsbehörde. In den meisten Jobs verdienten sie gerade mal den Mindestlohn, und es passierte immer wieder, dass sich schwarze Schafe einschlichen. Mark stöhnte bei der Vorstellung, dass jeder Einzelne von ihnen vor dem Einsatz auf die Aufgaben vorbereitet und geschult werden musste. Die wenigsten waren sich darüber im Klaren, was zu tun oder zu unterlassen war und welche Gefahren aufkommen konnten. Mark hoffte, dass nicht nur Bodybuildertypen aufkreuzen würden, die zwar viele Muckis, aber wenig Hirn hatten. So klischeehaft es war, so oft traf es leider auch zu.

»Du bist schon da?«, riss Michael Kuhn ihn eine halbe Stunde später aus der Lektüre. Er hielt einen Kaffeebecher in der Hand.

Mark schlug die Akte zu, die er gerade durchgegangen war. »Was steht heute alles an?«, wollte er wissen.

»Die Bewerber«, sagte Michael mit einem Blick auf den Aktenstapel. »Und die Vorbereitungen für die Musikerinnen.« Er stellte den Kaffeebecher vor Mark auf den Tisch.

»Für mich?«

Michael nickte. »Fiona macht keinen Kaffee. Ich schon.« Er zog sich einen Stuhl heran und setzte sich.

»Ich muss auch noch mal zum Wasen«, sagte Mark. »Ein paar Sachen klären. Außerdem will ich mir die Zelte und Fahrgeschäfte ansehen, die Stellen, wo es kritisch werden könnte, wenn Panik ausbricht oder jemand auf Ärger aus ist.«

Michael nickte. »Dann übernehme ich die Bewerber. Du hast mir bei der Vorauswahl schon genug geholfen.« Er erhob sich, ging in sein Büro und kam mit einer weiteren Akte zurück. »Das ist alles, was für den Job mit den Musikerinnen wichtig ist.«

Mark warf einen kurzen Blick hinein. »Bringen die ihre eigene Security mit?«

»Ja. Aber nur ihre persönlichen Bodyguards. Für den Rest sind wir zuständig.«

Mark schnitt eine Grimasse. »Das heißt, wir dürfen dafür sorgen, dass denen die kreischenden Fans nicht auf die Pelle rücken.«

Michael lachte. »Das ist leicht verdientes Geld, glaub mir.«

Mark hoffte, dass er recht hatte. Ganz so arbeitsreich hatte er sich seine erste Woche nicht vorgestellt.

KAPITEL 14

Stuttgart, September 2017

Der Tag verging mit Routinearbeit: scheinbar endlosen Checklisten für den Personenschutz der Musikerinnen, dem Abfahren der Route vom Flughafen zum Hotel, dem Suchen von Ausweichrouten und dem Feststellen der Lage von Polizeirevieren und Krankenhäusern entlang der Strecke. Außerdem legte Mark Punkte fest, an denen man sich traf, falls etwas schiefging oder die Kommunikation zusammenbrach. Danach machte er sich auf den Weg zum Wasen, um sich mit den Betreibern der Fahrgeschäfte und den Wirten zu unterhalten.

Als er den Dienstwagen endlich gegen seinen Passat eintauschte, um nach Heidenheim zu fahren, war es fast 19 Uhr. »Ich bin auf der Autobahn«, sagte er, nachdem er Lukas' Nummer gewählt hatte. »Bin in einer Stunde da.« Mehr wollte er in dem verwanzten Innenraum nicht preisgeben, da er keine Ahnung hatte, wie viele Ohren mithörten.

»Alles klar.« Lukas legte auf.

Ein paar Staus und einige nervige Zuckelei über Landstraßen später erreichte Mark endlich das Ortsschild seiner

Heimatstadt, über der das lila angeleuchtete Schloss Hellenstein thronte. Früher hatte man es einfach mit normalen Scheinwerfern beleuchtet, doch irgendwann im Lauf des letzten Jahres war jemand auf die grandiose Idee gekommen, große Lichtkunst zu machen. In Marks Augen sah es einfach nur scheiße aus, aber zum Glück sah man das Ding von Lukas' Wohnung aus nicht. Als er aus dem Auto stieg, fing es an, über der Alb leise zu donnern.

»Das ging flott«, begrüßte ihn Lukas. Sein rundes Gesicht glühte, das dünne blonde Haar stand, mit Gel versteift, wild von seinem Kopf ab. Das neue Haus, in das er vor kurzem gezogen war, wirkte modern und kühl. Über dem Eingang hing das Schild seiner IT-Beratungsfirma.

»Flott ist was anderes«, brummte Mark, dem alles viel zu langsam ging.

»Hast du das Ding …?« Lukas tippte auf sein Ohr.

Mark schüttelte den Kopf. »Ist noch im Auto. Soll ich es holen?«

Lukas nickte. »Denk aber dran, dass die alles hören, was wir sagen.«

»Ich bin ja nicht blöd«, gab Mark mit einem Augenrollen zurück.

Lukas grinste. Als Mark mit der Wanze zurückkam, leuchteten seine Augen wie die eines Kindes, dem man ein Geschenk vor die Nase stellte. Seine Lippen bewegten sich in einem lautlosen »Wow«. Er bedeutete Mark mit einer Handbewegung, ihm ins Haus zu folgen, nahm ihm die Wanze ab und trug sie mit spitzen Fingern in sein Büro. Das war vollgestopft mit allerlei High-Tech, einem Haufen Bildschirmen, zahllosen Kabeln und Zeug, das Mark noch nie gesehen hatte. Nachdem Lukas die Wanze genau in Augenschein genommen hatte, legte er sie auf den Tisch wie ein rohes Ei und zeigte mit dem Kinn zur Tür. Auf dem Flur angekommen, zog er Mark weiter in eine chaotische Küche, in der der Lüfter eines riesigen Kühlschranks vor sich hin surrte.

»Und?«, fragte Mark.

»Definitiv nicht aus dem Elektronikladen«, gab Lukas zurück. »Wenn du mich fragst, sieht das aus wie Geheimdiensttechnik.«

Mark runzelte die Stirn. »Warum sollte der MAD mich abhören?«

»Warum nicht? Du hast der Bundeswehr immerhin ziemlichen Ärger bereitet.«

Mark brummte etwas Unverständliches.

»Du hattest Glück, dass du das Ding überhaupt gefunden hast«, fuhr Lukas fort. »Es ist geräuschaktiviert und mit einem Sweeper kaum zu finden, außer man macht das Radio an beim Suchen und weiß, wonach man sucht.«

»Was hat denn das Radio damit zu tun?«, fragte Mark verständnislos.

»Damit aktivierst du den Sender. Dann hört man diese typischen Störgeräusche wie wenn man ein Handy direkt neben einer Box benutzt.«

Mark ließ sich auf einen von Lukas' Küchenstühlen fallen. »Kannst du rausfinden, wohin die Wanze sendet?«

»Hm.« Lukas kratzte sich an der Stirn. »Das Ding ist wie ein Handy. Es hat eine SIM-Karte, aber ich bezweifle, dass die Nummer auf der Karte uns zu den Besitzern führt. So dämlich kann man eigentlich kaum sein. Vermutlich ist es ein Prepaid-Handy, das nicht mal ich zurückverfolgen kann.«

»Kannst du es versuchen?«

»Ich werde auf jeden Fall damit rumspielen«, erwiderte Lukas mit einem Grinsen.

»Gott!«, stöhnte Mark. »So ein Scheiß hat mir gerade noch gefehlt!«

Lukas tätschelte ihm die Schulter. »Keine Sorge, ich finde raus, wer bei dir lange Ohren macht.« Er ging zum Kühlschrank und holte zwei Bier heraus. »Willst du auch eins?«

Mark sah auf die Uhr. »Warum nicht. Dann schlafe ich heute eben in Heidenheim.« Er nahm Lukas das Bier aus der Hand und nahm einen tiefen Schluck.

»Hast du nachgesehen, ob die dir auch einen GPS-Tracker verpasst haben?«, fragte Lukas nach einer Weile.

Mark verschluckte sich fast an seinem Bier. »Nein. Daran hab ich überhaupt nicht gedacht.« Der Sweeper aus Michaels Büro war nur für Abhörgeräte nützlich.

Lukas strahlte wie ein ganzer Kronleuchter. »Dann hole ich mal meinen Tracking Detector.«

Als er kurz darauf mit einem kleinen schwarzen Kästchen zurückkam, war Mark die Lust auf Bier vergangen.

»10 Megahertz bis 8 Gigahertz«, schwärmte Lukas.

»Toll«, gab Mark halbherzig zurück.

»Bin gleich wieder da«, lachte Lukas und verschwand mit dem Kasten nach draußen. Wenig später kehrte er mit einem triumphierenden Ausdruck auf dem Gesicht in die Küche zurück.

»Und?« Mark schob sein halbleeres Bier von sich.

»Bingo! Die haben dich voll auf dem Schirm. Wer auch immer an dir dranklebt, hat ganze Arbeit geleistet.«

»Verdammt!« Mark schlug mit der Faust auf den Tisch. »Was soll der Mist? Warum hängen die an mir dran? Denken die, ich verrate irgendwelche Geheimnisse?«

»*Wenn* es der MAD ist, wollen sie vielleicht einfach nur rausfinden, mit wem du Kontakt hast«, mutmaßte Lukas.

Einen Augenblick war Mark versucht, sein Handy zu zücken und seinen ehemaligen Chef anzurufen. Allerdings würde der es nie zugeben, falls die Bundeswehr hinter der Abhöraktion steckte.

»Ich behalte die Wanze da und tüftle noch ein bisschen dran rum«, sagte Lukas. »Geh schlafen, du musst morgen sicher wieder früh raus.«

Mark verzog das Gesicht.

»Du solltest das Ding, wenn ich damit fertig bin, auf alle Fälle wieder da anbringen, wo du es gefunden hast«, fuhr Lukas fort. »Komm morgen früh einfach vorbei, dann kann ich dir vielleicht mehr sagen.« Er zögerte einen Moment. »Gib mir dein Handy«, forderte er schließlich.

»Mein Handy? Wieso?«

»Vielleicht wird es auch abgehört.«

Mark verkniff sich einen Fluch. Daran hatte er noch gar nicht gedacht. Er drückte Lukas das Telefon in die Hand, der damit in seinem Büro verschwand. »Wenigstens das ist sauber«, sagte er, als er ein paar Minuten später in die Küche zurückkam. »So nah waren sie also offensichtlich noch nicht an dir dran.«

Mit einem Stöhnen steckte Mark das Handy ein, leerte sein Bier und verabschiedete sich von Lukas. Dann fuhr er zu seinem Haus und riss erst einmal alle Fenster auf, um frische Luft hereinzulassen. Das Donnern über der Alb kam immer näher und über dem Schlossberg zuckten Blitze. »Fuck!« Er pfefferte seine Jacke auf den Boden, zog sich bequemere Sachen an und rief einen Pizzadienst an. Sobald der Bote geklingelt hatte, setzte er sich aufs Sofa, mampfte die fettige Pizza und starrte aus dem Fenster. Wer hatte es auf ihn abgesehen? Was versprachen sich die Lauscher von der Aktion? Steckte wirklich der MAD dahinter? Je länger er darüber nachgrübelte, desto wahrscheinlicher erschien ihm Lukas' Vermutung. Als er den letzten Bissen Pizza verdrückt hatte, ging er zu dem Safe, in dem er seine Privatwaffen aufbewahrte, und lud seine 45er. Mit der Waffe in der Hand machte er sich schließlich auf den Weg nach oben ins Schlafzimmer und platzierte sie so, dass er sie jederzeit erreichen konnte. Wenn der Militärgeheimdienst hinter ihm her war, musste er auf alles gefasst sein.

KAPITEL 15

Stuttgart, September 2017

Am nächsten Morgen fühlte sich Mark, als ob er die ganze Nacht kein Auge zugetan hätte. Tatsächlich war er immer wieder aufgeschreckt, hatte nach der Waffe getastet und in die Dunkelheit gelauscht. Außer dem abklingenden Donner auf der Alb war jedoch nichts zu hören gewesen. Als er sich schließlich nach zwei großen Kaffees ohne Frühstück auf den Weg zu Lukas machte, war er froh, bald wieder auf dem Weg nach Stuttgart zu sein. Auch wenn er keinen Waffenschein hatte, packte er seine beiden Pistolen ein, dazu reichlich Munition, und verstaute sie im Kofferraum. Es war noch nicht einmal 5 Uhr, aber bei Lukas brannte schon Licht.

»Warst du überhaupt im Bett?«, wollte Mark wissen, als der Freund ihm die Tür öffnete. Er trug noch dieselben Klamotten wie am Abend und war unrasiert.

Lukas schüttelte den Kopf und gähnte. »Ich kann nachts besser arbeiten«, erklärte er. »Nicht so viel Ablenkung.«

Mark folgte ihm in sein Büro. »Und? Bist du schlauer? Wohin funkt das Ding?«

Lukas machte ein bedauerndes Gesicht. »So einfach ist es leider nicht. Aber ich versuche weiter, denjenigen zu orten, an den die Wanze sendet«, versprach er. Er drückte Mark den kleinen Kasten in die Hand. »Verhalte dich einfach so, als ob du nichts bemerkt hättest. Sobald ich mehr weiß, melde ich mich.«

Mark widerstand nur mühsam der Versuchung, das Abhörgerät gegen die Wand zu schleudern.

»Soll ich deine Bude auch absuchen?«, fragte Lukas.

»Scheiße! Daran habe ich gar nicht gedacht.« Mark hätte sich am liebsten selbst in den Hintern getreten.

»Hast du gestern noch mit jemandem telefoniert, als du zu Hause warst?«, fragte Lukas.

Mark verneinte.

»Dann sollten die nichts gemerkt haben.« Lukas rieb sich die Augen. »Ich hoffe nur, du steckst nicht wieder so tief in der Scheiße wie beim letzten Mal.« Er grinste. »Obwohl das schon irgendwie cool war.«

»Cool?« Mark glaubte nicht richtig zu hören. »Spinnst du? Die haben dein Büro in Schutt und Asche gelegt. Und wenn ich mich recht erinnere, warst du nicht besonders begeistert von dem Kindermädchen, das dir die Polizei danach aufs Auge gedrückt hat.«

Lukas winkte ab. »Cool war's trotzdem.«

»Dir ist nicht zu helfen«, seufzte Mark. »Aber, Lukas …«

»Ja?«

»Danke.«

»Keine Ursache.«

Nachdem Mark dem Freund den Schlüssel zu seinem Haus gegeben und ihn ermahnt hatte, nichts Riskantes zu unternehmen, pappte er die Wanze wieder dort hin, wo er sie gefunden hatte. Dann fuhr er in Richtung Autobahn und war um kurz vor 7 wieder in Stuttgart.

Die Routinearbeit brachte ihn wenigstens für ein paar Stunden auf andere Gedanken. Er half Michael bei der Auswahl der letzten Bewerber und suchte sich vier der Neulinge aus, um sie auf den Einsatz mit den Musikerinnen vorzubereiten. Michael und er würden unauffällig nach Gefahren Ausschau halten und den Einsatz koordinieren, für die innere Security benötigten sie möglichst auffällige Kleiderschränke. Die würden, zusammen mit den Bodyguards der Frauen, dafür sorgen, dass kein Fan seinen Idolen zu nahe kam. Die beiden Schutzpersonen trafen in drei Tagen mit einer Chartermaschine ein und wurden auf direktem Weg zu ihrem Hotel gebracht. Das Konzert fand am Abend in der Hanns-Martin-Schleyer-Halle statt. Mit dem Veranstalter und dessen Sicherheitsleuten hatte Michael Kuhn sich verständigt. Wenn alles nach Plan lief, war der Auftrag vermutlich wenig aufregend.

Als gegen 16 Uhr Marks Handy klingelte, war alles so weit vorbereitet. Ein Blick aufs Display verriet ihm, dass es sich bei dem Anrufer um Lukas handelte. »Und?«, fragte Mark ohne Begrüßung.

»Was willst du zuerst hören? Die gute oder die schlechte Nachricht?«, fragte der Freund.

»Die schlechte.«

»Die Wanze ist eine totale Sackgasse. Keine Chance. Ich habe alles versucht, es ist definitiv ein Prepaid-Handy.«

»Scheiße!«, schimpfte Mark. »Was ist die gute Nachricht?«

»Dein Haus war auch verwanzt.«

»Das ist die *gute* Nachricht?«

Lukas lachte. »Willst du wirklich rausfinden, wer die Typen sind?«

»Natürlich! Was ist denn das für eine Frage?«

»Dann kannst du ihnen vielleicht eine Falle stellen«, gab Lukas zurück. »Wenn du mich von deinem Haus aus anrufst und mir von der Wanze in deinem Auto erzählst, die du gefunden hast …«

»Können wir so tun, als ob du ihren Standort ausfindig machen kannst, wenn ich sie dir gebe«, beendete Mark den Satz. »Damit bringe ich dich aber in Gefahr.«

»Ach was! Damit lockst du sie vermutlich zu dir nach Hause, um die Wanzen verschwinden zu lassen.«

»Ist denen nicht klar, dass man sie nicht orten kann?«, fragte Mark.

»Vermutlich denken sie, dass sie sicher sind. Aber ich wette, das Risiko gehen sie nicht ein.«

»Und dann? Soll ich ihnen auflauern?«

»So was in der Art hatte ich mir vorgestellt«, gab Lukas zu.

»Scheißplan. Was, wenn sie erst bei dir aufkreuzen?«

»Wieso sollten sie das tun? Die Wanzen sind bei *dir.*«

»Die Sache gefällt mir nicht«, brummte Mark.

»Wieso nicht? Ich finde den Plan toll. Ich wollte schon

immer mal einen Geheimdienst austricksen.« Lukas klang viel zu begeistert für Marks Geschmack. »Komm schon!«

Mark überlegte einen Augenblick. Auch wenn es gefährlich werden konnte, war es vermutlich der einzige Weg, an die Leute heranzukommen, die ihn bespitzelten. Sollte es sich um die Bundeswehr handeln, konnte er vielleicht mit seinem Anwalt ... Er brach den Gedanken ab. »Okay«, sagte er schließlich widerwillig. »Die Sache muss aber ein paar Tage warten. Ich habe hier einige Jobs, die vorgehen.«

»Melde dich einfach, wenn du so weit bist«, sagte Lukas fröhlich. »Ich bin bereit.« Er lachte. »Gott! So was Cooles wollte ich schon immer mal sagen.«

»Werd bloß nicht leichtsinnig«, warnte Mark. »Das ist kein Computerspiel, bei dem du auf ›Reset‹ drücken kannst, wenn was schiefgeht.«

*

Der Bullige starrte gedankenverloren auf seinen Computermonitor. Als der GPS-Tracker an Mark Beckers Privatwagen am gestrigen Abend angezeigt hatte, dass er in Bewegung war, hatte er nur mit Mühe der Versuchung widerstanden, Becker zu folgen. Schon nach kurzer Zeit war klar gewesen, dass Becker unterwegs nach Hause war, wo die Wanzen alles übertragen würden, was er sagte. Allerdings war kein einziges Wort aufgezeichnet worden, und das machte den Bulligen stutzig. Gut, Becker lebte alleine, hatte offenbar keine feste Beziehung.

Dennoch kam ihm die totale Funkstille seltsam vor. Er fuhr sich mit den Handflächen über den rasierten Schädel und schüttelte den Kopf. Er durfte nicht ungeduldig werden. Wer keine Geduld hatte, machte Fehler. Und Fehler konnte er sich nicht mehr leisten.

KAPITEL 16

Stuttgart, September 2017

Der nächste Morgen fing für Lisa Schäfer alles andere als erbaulich an. Da Doktor Hochstätter die für den Vortag angesetzte Obduktion kurzfristig auf heute verschoben hatte, war sie um kurz nach 8 mit Jonas unterwegs zum Robert-Bosch-Krankenhaus, wo bereits reger Betrieb herrschte. Nachdem sie einen Parkplatz ergattert hatten, betraten sie das Krankenhaus und machten sich auf den Weg zur Treppe. Die Aufschrift auf der Glastür zur Treppe informierte die Besucher, dass jenseits der Abtrennung die Pathologie, die Gerichtsmedizin und der Verabschiedungsraum lagen. Der Bereich dahinter hatte schon bessere Tage gesehen, vor allem der hässliche mintgrüne PVC-Boden. Wenig später langten Lisa und Jonas im Bereich vor dem Sektionssaal an. Dort befanden sich ein Materialraum, ein kleiner Flur und ein weiß gefliestes Kabuff, in dem man sich umziehen konnte.

Lisa nahm eine der durchsichtigen Plastikschürzen aus dem Regal und zog sie an. Dann stülpte sie Füßlinge über ihre Schuhe, griff sich einen Mundschutz und schlüpfte in ein Paar Handschuhe.

Jonas tat es ihr gleich.

Sobald sie in voller Montur steckten, betraten sie den Obduktionssaal durch eine schwere Metalltür.

Doktor Hochstätter, ein Sektionsassistent und ein zweiter Obduzent waren bereits um den hinteren der beiden Sektionstische versammelt. Auch sie trugen Plastikschürzen, außerdem je einen blauen Kasack, blaue Hosen und OP-Schuhe. Die Hände des zweiten Obduzenten wurden von einem Paar dicker Gummihandschuhe geschützt.

Zwei Kriminaltechniker waren ebenfalls schon anwesend, schossen Fotos und hielten sich bereit für Notizen.

Der Tote war entkleidet und lag auf dem Sektionstisch. Zum Glück war er noch nicht verwest, da der Geruch Lisa sonst trotz der starken Absaugung den Atem geraubt hätte.

Die Ausstattung des Sektionssaales war steril, modern und auf dem neuesten Stand. Der gesamte Raum war weiß gekachelt, die Sektionstische und alle anderen Einrichtungsgegenstände aus Edelstahl. An der Wand hinter dem Tisch, auf dem die Leiche lag, befand sich eine Reihe von Stahlschränken. Daneben hing ein Whiteboard, auf dem im Verlauf der Obduktion Größe und Gewicht von Herz, Lunge, Leber, Milz und Gehirn notiert wurden. Außerdem wurde dort die Menge des Mageninhalts und der Füllstand der Blase festgehalten. An der Wand links davon gab es einen Handschuhspender, mehrere aufgerollte Wasserschläuche neben einer Stahlspüle und eine Tür, die in den angrenzenden Kühlraum führte. Die Wand rechts von Lisa wurde von einer Fensterfront unterbrochen, vor der sich eine Ablagefläche mit Computern, Telefonen und Aktenordnern befand.

»Ich habe bereits ein CT machen lassen«, informierte Doktor Hochstätter die Anwesenden, ehe er mit der Körperbeschreibung begann. Im Anschluss daran folgte die eigentliche Obduktion, deren Schritte fein säuberlich protokolliert wurden. »Wie vermutet«, sagte Hochstätter, nachdem er den Torso der Leiche geöffnet hatte.

»Was?«, wollte Lisa wissen.

Der Rechtsmediziner zeigte auf die Schussverletzung. »Daran ist er nicht gestorben.«

»Das dachten wir uns. Ist er erdrosselt worden oder nicht?« Lisa verlor schon wieder die Geduld mit Hochstätter, der sich trotz des Kasacks bewegte wie ein Model auf dem Laufsteg.

»Wenn die toxikologischen Untersuchungen nichts Gegenteiliges ergeben«, schwurbelte er, »dann ist er *erwürgt* worden, nicht erdrosselt.« Er sah Lisa vorwurfsvoll an. »Sie sollten den Unterschied eigentlich kennen.«

Lisa biss sich auf die Zunge, um ihm nicht zu sagen, wohin er sich seinen Unterschied stecken konnte.

»Zusammen mit den Hämatomen am Oberkörper kann man annehmen, dass er kurz vor seinem Tod verprügelt worden ist«, stellte Hofstätter fest.

»Die Frage ist, wen er so gegen sich aufgebracht hat«, murmelte Jonas.

»*Das* kann ich Ihnen nicht sagen«, gab Hofstätter blasiert zurück. »Ermitteln müssen Sie schon selbst.«

Lisa ignorierte die Spitze. Hofstätter konnte sie mal kreuzweise. Nach dem Koksfund in der Studentenbude des Opfers hatte sie allerdings eine Vermutung, mit wem Alex Riedmaier sich angelegt haben könnte. Sie blieben noch, bis der Sektionsassistent die Organpakete wieder in der Leiche verstaut und sie zugenäht hatte, dann machten sie sich auf den Rückweg zur Dienststelle.

»Ich bin gespannt, wie lange es dauert, bis wir den Bericht kriegen«, sagte Jonas, als sie zurück im Büro waren.

»Ich auch. Die Ballistik braucht sicher auch noch ein paar Tage. Bisher wissen wir nur sicher, dass das Projektil aus einer 45er stammt.« Sie schüttelte den Kopf. »Wenn du mich fragst, hat der einen Dealer beklaut.«

»Oder seine Freundin hat ihm das angehängt«, erwiderte Jonas. »Warum sollte die sonst spurlos verschwinden?«

Lisa zuckte die Achseln. »Keine Ahnung. Aber das sieht für mich eindeutig nach einem Milieumord aus. Wer sonst versucht erst, jemanden zu erschießen, und bringt ihn dann im Krankenhaus um?«

»Es könnten zwei Täter gewesen sein.«

»Klar. Oder Aliens.« Lisa schnitt eine Grimasse. »Sind die Ergebnisse zu Riedmaiers Fingerabdrücken schon da? Vielleicht hat der schon mehr auf dem Kerbholz.«

Jonas schüttelte den Kopf. »Dauert auch noch eine Weile. Die im LKA sind unterbesetzt.«

Lisa steckte sich ein Hustenbonbon in den Mund und fuhr ihren Rechner hoch. Die zahlreichen Berichte schrieben sich nicht von alleine.

Die nächsten zwei Stunden brachten sie mit Papierkram zu, bis ihr Chef den Kopf in ihr Büro steckte.

»Heute ist euer Glückstag«, scherzte er.

Lisa stöhnte. »Was ist jetzt schon wieder?«

»Noch eine Leiche.«

»Ehrlich?« Lisa drehte sich mit ihrem Schreibtischstuhl zu ihm um. »Kann das nicht jemand anders übernehmen?«

»Die sind alle beschäftigt«, war die Antwort.

»Ach, und wir nicht?«

Thomas Fuchs hob entschuldigend die Hände. »Ihr seid hier, die anderen nicht. Ganz einfach.«

»Toll!« Lisa erhob sich mit wenig Begeisterung. »Können wir zum Tatort? Oder kriegt Beaker dann wieder einen Anfall?«

»Der ist schon fertig.«

»Wenigstens was.« Lisa griff nach ihrer Jacke. »Gib uns die Adresse.«

Nachdem ihr Chef die Anschrift genannt hatte, sagte er: »Ich wollte außerdem fragen, ob die Obduktion was Neues ergeben hat.«

Jonas schüttelte den Kopf. »Er ist erwürgt worden«, sagte er. »Falls er nicht vergiftet worden ist.«

»Du kennst Hochstätter«, setzte Lisa hinzu. »Bloß keine Mutmaßungen.«

»Alles klar. Die anderen suchen weiter nach Zeugen«, erwiderte Thomas Fuchs. »Und nach der Freundin des

Opfers. Heute Abend ist SOKO-Besprechung, bis dahin haben wir hoffentlich jemanden gefunden, der irgendetwas über unser Opfer sagen kann.«

»Haben die Jungs von der IT-Beweissicherung schon was über das Handy rausgefunden?«, fragte Lisa.

Thomas Fuchs schüttelte den Kopf. »Nur ein paar SMS an eine Rufnummer, die nicht mehr aktiv ist. Keine Fotos. Nichts.«

»Wenn wir die Freundin finden, ist der Fall so gut wie gelöst«, prophezeite Jonas.

»Dann will ich hoffen, dass die sich nicht in Luft aufgelöst hat«, bemerkte Lisa trocken.

KAPITEL 17

Stuttgart, September 2017

Eine halbe Stunde später stand sie mit Jonas im Hausflur eines mehrstöckigen Gebäudes in Stuttgart Feuerbach. Der Wohnblock war zwar nicht mehr ganz neu, schien aber vor kurzem innen und außen frisch gestrichen worden zu sein. Das Treppenhaus war sauber, vor der Tür gegenüber der Wohnung des Opfers hing ein Kehrwoche-Schild.

Beaker und die Kollegen von der Kriminaltechnik waren noch mit Zusammenpacken beschäftigt, als Lisa und Jonas die Wohnung betraten. Sie war klein, aber relativ ordentlich. Der Geruch von Parfüm hing schwer in der Luft, die Einrichtung schien von IKEA zu stammen. An einer Wand hing ein Poster mit einem verunzierten Konterfei des türkischen Präsidenten. Etwas, von dem Lisa annahm, dass es Türkisch war, stand darunter. Auf einem Sofa lagen ein paar gehäkelte Kissen und eine pinkfarbene Decke. Der Fernseher war groß und nahm reichlich Platz ein in dem Raum, in dem es nicht ein einziges Buch gab. Auf den ersten Blick hatte

Lisa den Eindruck, dass hier eine zwar junge, aber ziemlich konservative Frau wohnte. »Ist die Leiche noch da?«, fragte sie.

Beaker nickte. »Da drin.« Er zeigte auf ein Zimmer. »Im Schrank.«

»Im Schrank?« Lisa hob die Brauen.

Beaker verzog das Gesicht. »Der Tatort erinnert an einen dieser furchtbaren Hollywood-Streifen, die sie zu Halloween immer zeigen. Es sieht so aus, als ob das Opfer sich im Kleiderschrank versteckt hat, als es die Einbrecher gehört hat.«

»Bist du sicher, dass es Einbrecher waren?«

Beaker nickte. »Wir haben eindeutige Spuren an der Tür gefunden.«

»Fingerabdrücke?«

»Reichlich. Aber einige waren ziemlich verwischt, weshalb ich annehme, dass die Täter Handschuhe getragen haben.«

»Wie kommst du darauf, dass es mehrere Täter waren?«, mischte Jonas sich ein.

Beaker zeigte auf den Laminatboden. »Schuhlaufflächenspuren«, erwiderte er knapp. Er verstaute die letzten Utensilien in seinem Tatortkoffer. »An eurer Stelle würde ich mich mit dem Opfer beeilen. Der Leichenwagen müsste gleich hier sein.«

Lisa umschiffte ein paar Plastikkärtchen, mit denen die Kriminaltechniker Spuren markiert hatten, und betrat das Schlafzimmer. Die Tür war eindeutig eingetreten worden, auf dem Boden lagen überall Holzsplitter.

»Da war jemand mit ziemlich viel Gewalt am Werk«, kommentierte Jonas.

»Sieht so aus, als ob sie sich eingeschlossen hatte. Wo ist ihr Handy?«, rief Lisa so laut, dass Beaker sie hören konnte.

»Im Wohnzimmer neben der Handtasche«, erwiderte er.

»Warum hat sie es nicht mitgenommen?«, wunderte sich Lisa.

»Vielleicht kam sie nicht dazu.« Jonas ging zum Schrank, in dem das zusammengekauerte Opfer saß. »Sieht fast nach einer Hinrichtung aus«, sagte er nach einem Blick auf das Einschussloch in der Stirn der Frau.

»Eher nach einem Zufallstreffer«, kommentierte Beaker von der Schwelle aus. »Zwei weitere Kugeln haben sie verfehlt. Kaliber 22.«

Lisa kniff die Augen zusammen. »Ist das die Frau von dem Bild?«, fragte sie.

»Von welchem Bild?« Jonas wandte sich zu ihr um.

»Von dem in Riedmaiers Bude.«

»Scheiße, ja. Das könnte sein.« Jonas nahm die Tote genauer in Augenschein. »Hast du ein Foto von ihr dabei?«

Lisa schüttelte den Kopf. Sie zückte ihr Handy, um ihren Chef anzurufen und ihm zu erklären, was sie vermuteten. »Kannst du mir das Foto mailen?«

Wenig später vermeldete ein »Ping«, dass sie eine Nachricht bekommen hatte. Sie hielt das Bild hoch und verglich es mit der Toten.

»Eindeutig«, sagte Jonas.

»Habt ihr irgendwo Drogen gefunden?«, wollte Lisa von Beaker wissen.

Der schüttelte den Kopf. »Nur Duftkerzen und haufenweise Tee.«

Lisa sah sich die junge Frau genauer an. Sie war fast noch schöner als auf dem Foto. Ihr Gesicht war zurechtgemacht, als ob sie ausgehen wollte, die Kleider unterstrichen ihre makellose Figur.

»Ist sie Türkin?«, fragte Jonas.

»Kurdin«, ließ sich Beaker vernehmen. »Ahu Altas.«

»Ahu?« Lisa steckte das Handy zurück in die Tasche.

»Das hat Riedmaier im Krankenhaus gesagt«, stellte Jonas fest.

»Die beiden kannten sich also definitiv.« Lisa nagte auf ihrer Unterlippe herum. »Beide werden innerhalb kurzer Zeit getötet«, murmelte sie. »Das lässt vermuten, dass das hier kein einfacher Einbruch war, der aus dem Ruder gelaufen ist.«

»Meinst du, die haben tatsächlich jemanden beklaut und der hat ein Exempel an ihnen statuiert?«, fragte Jonas.

Lisa wiegte den Kopf hin und her. »Könnte sein, oder?«

Sie wurde vom Leichenbestatter unterbrochen, der mit einem schwarzen Plastiksack den Raum betrat. »Kann ich sie mitnehmen?«, fragte er.

»Gleich.« Lisa ging in die Hocke, um sich das Gesicht der jungen Frau genauer anzusehen. Sie wirkte nicht wie jemand, der drogenabhängig gewesen war. »Was habt ihr beiden getan?«, murmelte sie. Dann kam sie zurück auf die Beine und ließ den Bestatter seine Arbeit tun.

Als sie am Abend nach einer wenig ergiebigen SOKO-Besprechung – die Fälle hingen jetzt offiziell zusammen, da auch die Handydaten die beiden Opfer miteinander verbanden – das Büro verließ, gab es nur zwei Möglichkeiten: Entweder ging sie direkt nach Hause und fiel um 21 Uhr ins Bett. Oder sie ließ ein bisschen Dampf ab. Die Wahl fiel ihr nicht besonders schwer und sie wählte Mark Beckers Nummer. »Hey«, begrüßte sie ihn, als er abnahm. »Hast du schon Feierabend?«

»Ich bin gerade aus der Dusche gekommen«, erwiderte er.

Augenblicklich kam Lisas Kopfkino auf Hochtouren. »Hast du heute Abend schon was vor?«

»Bis jetzt noch nicht.« Er lachte. »Sollen wir was essen gehen?«

»Essen ist auch gut.« Lisa grinste.

»Ich hole dich ab«, bot er an.

»In einer halben Stunde?«

»Bis dann.«

Als Mark an ihrer Tür klingelte, war Lisa gerade fertig damit, ihre Haare zu föhnen. Sie ging in Unterhose und Bluse zur Tür, ließ ihn in die Wohnung und griff nach der Jeans, die sie über die Lehne der Bettcouch gelegt hatte.

»Mmmmmm«, brummte Mark, hielt sie am Arm fest und zog sie an sich, um sie zu küssen.

»Nicht jetzt«, schimpfte Lisa. »Ich hab Hunger.«

Mark nahm ihr die Jeans weg und warf sie in die Ecke. »Es gibt Lieferservice«, nuschelte er, während er die Nase in ihrem Haar vergrub.

»So war das aber nicht gedacht«, protestierte Lisa halbherzig.

»Du denkst zu viel.«

KAPITEL 18

Stuttgart, September 2017

Die nächsten beiden Tage vergingen wie im Flug. Als der Termin zur Abholung der Musikerinnen endlich feststand, hoffte Mark, dass er die richtigen Bewerber für den Job ausgesucht hatte. Viele der Anwärter hatten sich als völlig ungeeignet für anspruchsvollere Aufgaben erwiesen, da sie nicht einmal die einfachsten Benimmregeln beherrschten. Die drei Männer, die Mark ausgewählt hatte, waren alle ehemalige Zeitsoldaten. Der erste Eindruck war positiv gewesen, allerdings wusste Mark, dass Eindrücke täuschen konnten.

»Ihr fahrt vor«, sagte Michael Kuhn und warf einem der Fahrer den Schlüssel für die größte Limousine, eine Mercedes S-Klasse, zu. Er selber würde in einem zweiten Wagen sitzen, um im Notfall die Straße blockieren zu können. Der dritte Fahrer saß allein im letzten Fahrzeug der Kolonne, einem Audi Q7, aufteilen würden sie sich erst vor Ort. Das Hotel der Musikerinnen lag direkt am Schlossgarten und verfügte über eine eigene Security. Mark hatte sich mit dem Manager abgesprochen, damit die Frauen den Hintereingang benutzen durften. Irgendjemand verriet immer etwas an die Presse, und er wollte auf keinen Fall von einer Horde kameraschwingender Aasgeier empfangen werden.

»Sind alle auf Empfang?«, fragte Mark über Digitalfunk.

»Positiv«, kam die Antwort aus dem Q7.

»Höre dich laut und deutlich«, quäkte Michaels Stimme. »Mark, ihr fahrt zuerst, dann kommen wir«, wiederholte er, was sie in der Einsatzbesprechung entschieden hatten.

»Roger.«

»Roger.«

Die Fahrzeuge rollten vom Hof und befanden sich kurz darauf auf der B 27. Zwanzig Minuten später erreichten sie den Flughafen, wo sie vor dem Terminal für Charterflüge anhielten und ausstiegen.

Mark fummelte an dem Knopf in seinem Ohr herum, bis er nicht mehr drückte, und sah sich nach möglichen Gefahren um. Obwohl es immer noch ziemlich warm war für September, wurde der Wind täglich kühler, weshalb viele Flugpassagiere Mützen trugen. Die Metallringe, mit denen die Fahnen an den Masten vor dem Terminal festgemacht waren, schlugen klirrend gegen das Metall. Instinktiv griff er mit der Hand an seinen Gürtel. Doch anders als bei seinen Einsätzen als Feldjäger trug er heute keine Waffe. Lediglich ein Pfefferspray steckte in seinem Gürtel. Angreifer, die den Schutzpersonen zu nahe kamen, würde er mit waffenloser Selbstverteidigung abwehren müssen.

Irgendwie fühlte er sich nackt.

Nachdem er einen Blick mit Michael getauscht hatte, machten sie sich auf den Weg zu dem Rollfeld, auf dem die Maschine der Musikerinnen landen würde. Die Fahrer blieben bei den Fahrzeugen zurück, damit sich niemand in ihrer Abwesenheit daran zu schaffen machen konnte. Sie wiesen sich aus und wurden nach kurzer Rücksprache mit dem Sicherheitschef des Flughafens durch das Tor gelassen.

»Weißt du, was mich an dieser Art von Einsätzen stört?«, fragte Mark.

Michael Kuhn sah ihn fragend an.

»Bei dem vielen Verkehr hat man keine Chance, Verfolger auszumachen.«

Michael lachte. »Dafür läufst du in der Stadt nicht Gefahr, über eine USBV zu fahren.«

»Auch wieder wahr.« Mark erinnerte sich nur zu gut an einen Einsatz in Afghanistan, bei dem eines der Konvoifahrzeuge von solch einer unkonventionellen Spreng- und Brandvorrichtung, einer selbstgebauten Bombe, in zwei Teile gerissen worden war. Keiner der Insassen des Dingos hatte überlebt. Er schüttelte die Erinnerung ab und folgte Michael zu dem Rollfeld, auf dem der kleine Jet der Musikerinnen gerade zu seiner Parkposition rollte. Sobald er zum Stillstand gekommen war, öffnete sich die Tür und ein Flugbegleiter klappte die Treppe aus, über die man von Bord gelangte. Hinter ihm lauerte bereits ein Bodyguard, der als Erster die Maschine verließ. Es folgten weitere Personenschützer, erst dann tauchten die Musikerinnen auf.

Sie sahen genauso aus, wie Mark sie aus dem Fernsehen kannte. Beide steckten in hautengen Outfits, die ihre Kurven betonten. Ihre Gesichter hatten sie hinter riesigen Sonnenbrillen verborgen, eine von ihnen trug eine Art Schlapphut. Etwas ungeschickt staksten sie auf ihren High Heels die Metallstufen hinab und wurden von ihren Bodyguards zu Mark und Michael geführt. Anders als man es immer in Filmen sah, waren Privatfahrzeuge auf dem Flughafengelände nicht erlaubt, weshalb die Damen wohl oder übel zu Fuß zum Ausgang trippeln mussten. Einer ihrer Leute kümmerte sich um die Papiere, während sie, umringt von Personenschützern, zu den parkenden Limousinen gebracht wurden.

Die mit dem Schlapphut schenkte Mark ein Lächeln, die andere ignorierte die Männer und sah sich misstrauisch um.

»Don't worry«, sagte Mark. »The coast is clear.«

»Sure hope so«, war die schroffe Antwort, dann stöckelte die Dame weiter.

Mark hatte Mühe, einen neutralen Gesichtsausdruck zu wahren. Genau das hatte er befürchtet, als Michael ihn gebeten hatte, in die Firma einzusteigen. Hatte er nicht ausdrücklich gesagt, dass er nicht das Kindermädchen für verzogene reiche Gören spielen wollte? Nichts anderes schienen die Ladys zu sein, auch wenn sie noch so berühmt waren. Am liebsten hätte er die Zicken in ihren Stöckelschühchen zu Fuß zu ihrem Hotel trippeln lassen.

Er riss sich zusammen, setzte eine steinerne Miene auf und geleitete die beiden zu den Wagen, die inzwischen angelassen worden waren und mit laufendem Motor auf sie warteten. Offenbar kannten sie das Prozedere, da sie sich widerspruchslos aufteilten und jeweils auf dem Rücksitz hinter dem Beifahrer Platz nahmen. So saßen sie direkt hinter einem Personenschützer und konnten sich bei Gefahr hinlegen, während der Fahrer versuchte, aus der Gefahrenzone zu fliehen.

»Fertig?«, quäkte Michael Kuhns Stimme aus dem Knopf in Marks Ohr.

»Fertig«, bestätigten die anderen.

»Dann kann's losgehen«, brummte Mark und hoffte, dass der ehemalige Feldwebel, den er als Fahrer für diesen Einsatz bestimmt hatte, die richtige Wahl gewesen war.

Vorschriftsmäßig rollten die Wagen vom Parkplatz und reihten sich in den dichten Verkehr vor dem Flughafen ein. Da es die kürzeste Route war, folgten sie der B 27 in Richtung Stadtmitte. Trotz der vielen Reisenden kamen sie gut voran, so dass eine halbe Stunde später der Betonklotz des Luxushotels in Sicht kam, in dem sich die Damen eingemietet hatten. Mit Blick auf den Schlossgarten, lag es ruhig und zentral zugleich und bot bei schönem Wetter viele Möglichkeiten.

Wie mit dem Hotelmanager vereinbart, steuerten die Wagen den Hinterausgang an, wo gerade ein Transporter mit schmutziger Wäsche beladen wurde.

»What is this?«, ließ sich die Musikerin in Marks Wagen vernehmen.

»The safest way in«, gab er kurz angebunden zurück.

Als das Fahrzeug zum Stehen kam, öffnete er die Tür, stieg mit einer 360-Grad-Drehung aus und ging zur Hintertür.

Michael Kuhn tat es ihm gleich.

Mit der linken Hand öffnete Mark den Schlag, damit die Schutzperson sich zwischen ihm und der Tür befand. Sobald sie ausgestiegen war, schirmte er sie mit seinem Körper ab und wartete, bis die anderen Bodyguards zur Stelle waren, um einen schützenden Kreis um die Frauen zu bilden.

Sie hatten sich gerade in Bewegung gesetzt, als zwei Motorräder mit quietschenden Reifen um die Ecke bogen und direkt auf sie zu rasten.

Mark brauchte nur einen Sekundenbruchteil, um die Waffen der Beifahrer zu erkennen. »Get down!«, brüllte er. Als seine Schutzperson nicht reagierte, packte er sie und drückte sie zu Boden.

»What the …?«, kreischte die Frau.

»Stay the fuck down!«, herrschte Mark sie an.

Im nächsten Augenblick peitschten Schüsse durch die Luft und schlugen in das Metall der Fahrzeuge ein.

KAPITEL 19

Stuttgart, September 2017

Dann brach Chaos aus.

Während ein Kugelhagel die Seiten der Fahrzeuge durchlöcherte, brüllten Mark und Michael Befehle, die weder von den Frauen noch von deren Bodyguards befolgt wurden.

»Scheiße!«, schimpfte Mark, als die beiden Motorräder wendeten und erneut auf die Autos zu rasten. Wenn sie die Musikerinnen nicht sofort ins Hotel schafften … Er packte seine Schutzperson kurzerhand beim Arm, zog sie auf die Beine und rannte mit ihr auf den Hintereingang zu.

Michael tat es ihm gleich.

Kugeln pfiffen an ihnen vorbei, prallten von den Autos und einem Metallgeländer ab und schlugen in den Asphalt ein.

Einer der Bodyguards ging mit einem gepressten Laut zu Boden.

»Fuck!« Mark warf einen Blick über die Schulter und sah, dass einer der Schützen nachlud. Er zog die Musikerin mit sich. Als sie kreischend einknickte, klemmte er sie sich unter den Arm und trug sie die letzten paar Meter zur Tür. »Down!«, brüllte er, bugsierte sie nach drinnen und verfluchte die Tatsache, dass er keine Waffe hatte.

Nachdem auch Michael seine Schutzperson in Sicherheit gebracht hatte, wurden die beiden Frauen von ihren eigenen Bodyguards zum Lift geführt, wo sich wenig später die Tür hinter ihnen schloss.

»Rufen Sie die Polizei!«, befahl Michael einem jungen Mann mit einer Schürze, der sie starr vor Schreck ansah. »Sagen Sie denen, dass wir hier zwei Schützen auf Motorrädern haben. Außerdem brauchen wir einen Krankenwagen. Beeilen Sie sich!«

Mark lugte durch eine der Scheiben in der Tür und versuchte, die Kennzeichen zu erkennen. Allerdings hatten die Motorräder erneut gewendet und rasten in diesem Moment in Richtung Schlossgarten davon.

Sobald sie außer Sicht waren, öffnete er die Tür und rannte zurück ins Freie, um den Angeschossenen ebenfalls in Sicherheit zu bringen. Er blutete aus einer Wunde am Bein und hatte sich unter eines der Fahrzeuge gerollt.

»Aw, God«, stöhnte er.

Mark fasste ihn unter den Achseln und half ihm aufzustehen.

Auf Mark gestützt, humpelte der Mann ins Hotel.

Drinnen kümmerte sich einer der Hotelangestellten um den Verletzten, während Mark und Michael ihren Männern Anweisung gaben, den Haupteingang zu sichern.

»Was waren das für Typen?«, fragte Michael schließlich. »Hast du was erkennen können?«

Mark schüttelte den Kopf. »Vier Mann, ziemlich breit, schwere Maschinen.«

»Kennzeichen?«

»Nope.«

»Verdammt!« Michael raufte sich die Haare. »Das hat uns gerade noch gefehlt bei unserem ersten Einsatz! Wenn die Presse davon Wind kriegt, gibt das tolle Schlagzeilen.«

Mark konnte sich vorstellen, was die Sensationsblätter aus dem Angriff machen würden. Als er in der Ferne Sirenen hörte, atmete er erleichtert auf. Ohne Waffe in so einer Situation zu stecken, war verdammt unangenehm. Während die ersten Streifenbeamten eintrafen, versuchte Mark erfolglos, den in ihm aufkeimenden Verdacht zu unterdrücken. Die Schützen mussten es auf die beiden Frauen abgesehen haben. Der Zweifel, der an ihm nagte, ließ ihn jedoch nicht los. Was, wenn die Schüsse etwas mit den Wanzen in seinem Wagen und in seiner Wohnung zu tun hatten? Was, wenn Lukas mit seinem Verdacht recht hatte und der MAD hinter allem steckte? Dem Militärgeheimdienst war so etwas durchaus zuzutrauen. Er schüttelte den Gedanken ab und ging zu Michael, der den Uniformierten berichtete, was vorgefallen war.

Vor dem Hotel trafen immer mehr Streifenwagen ein, vermutlich war auch das SEK angefordert worden, weil sich Bewaffnete auf der Flucht befanden. In der kurzen Zeit waren bereits zahllose Schaulustige aus dem Schlossgarten zusammengelaufen, um das Geschehen mit ihren Handys zu filmen.

Mark versuchte, sich nicht vorzustellen, was Lisa sagen würde, wenn sie von dem Zwischenfall erfuhr. Er hoffte, dass sie dann nicht wieder sauer auf ihn war, weil ihm das, was sich zwischen ihnen entwickelte, wirklich gefiel. Sie war privat vollkommen anders als im Dienst, war witzig, sexy und verdammt interessant.

»Können Sie die Schützen beschreiben?«, unterbrach einer der Beamten sein Grübeln.

Mark schüttelte den Kopf und gab zu Protokoll, was er gesehen hatte.

»Haben Ihre Klienten erwähnt, ob sie bedroht worden sind?«

»Nur das Übliche«, erwiderte Michael Kuhn. »Stalker, aufdringliche Fans, Hater.«

»Das hier geht aber gewaltig über normales Hating hinaus.«

»Was ist ›normales Hating‹?«, fragte Mark. »Die Leute werden doch immer verrückter, wenn ihnen irgendetwas nicht gefällt.« Er fuhr sich mit den Händen übers Gesicht. Allmählich ebbte das Adrenalin ab und er wurde zittrig.

»Am besten befragen Sie die Damen selbst«, riet Michael. »Oder ihren Agenten. Der kann Ihnen bestimmt mehr Informationen dazu geben, ob und wer sie im Vorfeld bedroht hat.«

»Es hat sicher einen Grund gegeben, warum sie Ihre Firma engagiert haben«, stellte ein hinzugekommener Kriminalbeamter fest.

Mark kannte ihn aus einer der SOKOs, zu denen er als Berater hinzugezogen worden war.

»Becker?«, fragte der Mann.

Mark nickte.

»Was tun Sie denn hier? Ich dachte, Sie wären bei der Bundeswehr.« Es war eine Feststellung, keine Frage.

»Jetzt bin ich Freiberufler«, gab Mark kurz angebunden zurück. Er hatte keine Lust, seinen beruflichen Werdegang zu diskutieren. Seinen Verdacht, dass der MAD hinter dem Angriff stecken könnte, behielt er für sich. Solange er keine Beweise hatte, von wem die Wanzen angebracht worden waren, hatte es keinen Sinn, Vermutungen anzustellen.

Nachdem er die Fragen der Polizisten beantwortet hatte, entschuldigte er sich, zog sein Handy aus der Tasche und ging etwas abseits. Es war ein Fehler gewesen, Lukas' Plan so lange hinauszuzögern. Wenn er den Lauschern gleich eine Falle gestellt hätte, wäre die Schießerei vielleicht nicht passiert. Er wählte die Nummer des Freundes.

»Geht's jetzt endlich los?«, fragte Lukas ohne Begrüßung.

Mark verkniff sich ein Kopfschütteln. Lukas war wirklich schlimmer als ein Kind. Für ihn war alles ein Abenteuer, obwohl er das letzte Mal, als er Mark geholfen hatte, selber in die Schusslinie geraten war. Den Ernst der Lage hatte Lukas noch nie erkannt.

Mark erzählte ihm, was passiert war.

»Echt? Ist ja krass!«

»So kann man es auch ausdrücken«, brummte Mark.

»Ich sage dir, da steckt dein ehemaliger Arbeitgeber

dahinter«, vermutete Lukas. »Das galt bestimmt dir und nicht den Tussis.«

»Das werden wir hoffentlich bald rausfinden«, gab Mark zurück. Er sah sich nach Michael und den Polizisten um. Inzwischen war auch die Presse vor Ort, da sich solche Neuigkeiten anscheinend wie ein Lauffeuer verbreiteten. Vermutlich hatte ein Angestellter des Hotels den Journalisten einen Tipp gegeben. »Wenn ich hier wegkomme, ziehen wir das heute Abend durch«, sagte er schließlich.

»Super, ich bin dabei!«

KAPITEL 20

Stuttgart, September 2017

Lisa starrte fassungslos auf das Youtube-Filmchen, auf das einer ihrer Kollegen sie aufmerksam gemacht hatte. War das wirklich Mark? Hinter den spiegelnden Scheiben des Hotels war nicht viel zu sehen, aber als sich die Tür öffnete, konnte sie ihn eindeutig erkennen.

»Schießerei in der Stuttgarter Innenstadt«, titelte eine Zeitung die Story.

Mit einem flauen Gefühl im Magen las Lisa den kurzen Artikel, der mit einem Archivbild der beiden Musikerinnen garniert war. Offenbar hatten Mark und sein Partner die Frauen begleitet, als es zu dem Angriff gekommen war. Nach dem Vorfall war das Konzert in der Hanns-Martin-Schleyer-Halle abgesagt worden, weil die Frauen so schnell wie möglich wieder abreisen wollten. Woher der Schreiberling die Informationen hatte, konnte Lisa sich denken. Es gab immer genug Leute, die sich wichtigmachen und mit der Presse reden mussten, auch wenn es sie den Job kosten konnte. Sie schloss das Fenster auf ihrem Bildschirm und griff zum Telefon. »Bist du okay?«, fragte sie, als Mark – etwas außer Atem – abnahm.

»Ja, alles gut«, erwiderte er. »Du hast mitgekriegt, was passiert ist?«

»Wir kriegen hier alles mit«, scherzte Lisa lahm. Sie kam sich ein bisschen albern vor, weil sie sich Sorgen um ihn gemacht hatte. Er war Profi, genau wie sie.

»Bist du sauer?«, fragte er nach kurzem Zögern.

»Sauer? Wieso?«

»Weil es schon wieder eine Schießerei gab.«

Lisa lachte. »Dieses Mal konntest du aber nichts dafür, oder?«

»Ich glaube nicht.«

»Du *glaubst*?«

»Ich denke, die hatten es auf unsere Schutzpersonen abgesehen«, gab Mark zurück. »Aber sicher kann man erst sein, wenn ihr sie verhaftet.«

»Das dauert bestimmt nicht lange.« Lisa hoffte, dass sie recht hatte. Es gab schon genug Probleme in Stuttgart, da brauchte es nicht noch ein paar Irre, die auf Motorrädern durch die Gegend rasten und auf Leute schossen. »Wieso glaubst du, dass die Frauen vielleicht nicht das Ziel waren?«, fragte sie, misstrauisch geworden.

»Ach, das war nur so dahergesagt.«

Etwas an seinem Ton verriet Lisa, dass er log. »Verheimlichst du mir was?«

»Hör zu, ich muss jetzt Schluss machen«, wich er aus.

Lisas Alarmglocken schrillten. »Mark?«

»Ich melde mich wieder.« Ohne auf ihre Antwort zu warten, legte er auf.

Stirnrunzelnd starrte Lisa ihr Telefon an. Was hatte er jetzt schon wieder angestellt? Irgendwie schien er ein echter Shit-Magnet zu sein. Dass er ihr auswich, hieß nichts Gutes. Sie beschloss, ihm bei ihrem nächsten Treffen auf den Zahn zu fühlen.

Eine Weile saß sie grübelnd da, ehe sie die Gedanken an die Schießerei beiseiteschob. Der Fall ging sie nichts an. Sie hatte selber genug zu tun mit den beiden Morden, bei denen sie kein Stück weiterkamen. Mürrisch stierte sie auf den Zettel auf ihrem Schreibtisch, auf dem sie die Unterschiede und Gemeinsamkeiten der Fälle aufgelistet hatte. Die einzige Verbindung war, dass die Opfer sich gekannt hatten. Ansonsten stimmte nichts überein. Alex Riedmaier war zuerst mit einer 45er angeschossen und dann erwürgt worden. Inzwischen hatten Streifenbeamte den Ort im Wald ausfindig gemacht, an dem man auf ihn geschossen hatte, und etwas gefunden, was aussah wie ein Grab. Offenbar war Riedmaier zur Hinrichtung in den Wald gebracht worden. Wie er entkommen konnte, blieb ein Rätsel. Diese Tatsache und das Kokain in seiner Wohnung bestätigten Lisas Verdacht, dass er versucht hatte, einen Dealer zu bestehlen.

Ob seine Freundin Ahu Altas, eine Kurdin, ebenfalls deswegen getötet worden war, schien fraglich. Wenn es dieselben Täter waren, warum hatten sie dann nicht dieselbe Waffe verwendet? Die junge Frau war mit einer 22er erschossen worden, dem Ballistikbericht zufolge mit einer Waffe mit Schalldämpfer. Dem Poster in ihrer Wohnung nach zu urteilen, war sie eine heftige Gegnerin des türkischen Präsidenten, weshalb auch der Verdacht berechtigt schien, dass der Mord politisch motiviert war. Lisas Chef hatte sicherheitshalber Kollegen vom Staatsschutz hinzugezogen, da neuerdings sogar der türkische Geheimdienst Jagd auf Kritiker in Deutschland zu machen schien.

Mit einem Prusten fuhr Lisa sich mit den Fingern durch die Haare. Sie fühlte sich unausgeglichen und zappelig, was vermutlich daran lag, dass sie zurzeit nicht dazu kam, Sport zu treiben. Wenn sie sich nicht bald wieder beim Krav Maga Training abreagierte, würde es sie zerreißen. »Lass uns noch mal mit den Freundinnen von Ahu Altas reden. Die, mit denen sie verabredet war«, schlug sie vor.

»Meinst du, das bringt was?«

»Ich hatte das Gefühl, dass die uns was verheimlichen.«

Jonas zuckte die Achseln. »Meinetwegen. Schaden kann es sicher nicht.«

Da es draußen angefangen hatte zu nieseln, zog Lisa sich die Kapuze ihrer Windjacke über den Kopf und joggte zum Auto. Dann fuhren sie zur Adresse des ersten Mädchens, das allerdings nicht zu Hause war.

Ihre Mutter sprach so wenig Deutsch, dass sie nicht verstand, was Lisa von ihr wollte.

»Dann versuchen wir es bei der nächsten«, seufzte sie.

Dort hatten sie mehr Glück, allerdings wollte die junge Frau sie nicht in die Wohnung lassen.

»Warten Sie«, sagte sie, drückte ihnen die Tür vor der Nase zu und erschien wenig später mit Mantel und Kopftuch. Trotz des dicken Make-Ups waren die Aknenarben auf ihren Wangen deutlich zu erkennen. »Meine Mutter will nicht, dass ich Fremde in die Wohnung lasse«, entschuldigte sie sich.

»Wollen Sie einen Kaffee?«, fragte Lisa. Nicht weit entfernt gab es einen Starbucks.

Das Mädchen zögerte kurz und nickte dann. »Geht es um Ahu?«, fragte es schüchtern.

Lisa war sich nicht ganz sicher, aber sie hatte den Eindruck, dass Angst in ihrer Stimme mitschwang. »Ja, es geht um Ahu«, bestätigte sie.

»Ich habe Ihnen doch schon alles gesagt, was ich weiß.« Die junge Frau blieb stehen und schien mit dem Gedanken zu spielen, zurück zu ihrer Wohnung zu gehen.

»Manchmal vergisst man versehentlich etwas.« Lisa legte ihr sanft die Hand auf den Arm. »Es ist nicht schlimm, wenn Sie sich nicht gleich an alles erinnern.«

Widerstrebend folgte das Mädchen ihnen zu dem Café, wo sie sich in eine Ecke zurückzogen.

Jonas besorgte Kaffee, während Lisa behutsam versuchte, mehr herauszufinden.

»Wovor haben Sie solche Angst?«, schoss sie ins Blaue.

Das Mädchen versteifte sich. »Ich habe keine Angst!«

Bingo, dachte Lisa. Auf Anhieb ins Schwarze getroffen. »Wir können Sie schützen«, sagte sie. »Hat jemand Ihre Freundin bedroht? Hat sie etwas getan, das jemanden verärgert hat?«

Die junge Frau wurde mit jedem Wort bleicher unter dem dicken Make-Up. »N… nein«, stammelte sie. »Jeder hat Ahu gemocht.«

»Irgendjemand hat sie getötet«, wandte Lisa ein. »In ihrer Wohnung.«

Das Mädchen senkte den Blick. Als Jonas mit den Kaffeebechern an den Tisch kam und einen vor sie stellte, griff sie danach und drehte ihn zwischen den Fingern hin und her.

»Wer hat sie bedroht?«, hakte Lisa nach.

Die junge Frau biss sich auf die Lippe. »Ich kann nicht«, murmelte sie. »Die bringen mich um!«

»Wer bringt Sie um?«

»Ich kann nicht!« Das Mädchen stieß den Kaffeebecher so heftig von sich, dass er überschwappte. Dann sprang sie auf und rannte davon.

»Warten Sie!« Lisa wollte ihr hinterhereilen, aber Jonas hielt sie davon ab.

»Aus der kriegen wir kein Wort raus«, stellte er fest. »Die hat Todesangst.«

»Aber vor *wem*?«

»Das werden wir ganz sicher nicht mit dem Holzhammer rausfinden«, erwiderte Jonas. »Vielleicht hat Thomas eine Idee, wie wir sie zum Reden bringen. Wenn sie sich einen Anwalt nimmt, war's das.«

»Verdammt!« Lisa schlug frustriert mit der Hand auf den Tisch.

KAPITEL 21

Stuttgart, September 2017

»Was jetzt?« Jonas wischte den verschütteten Kaffee mit einem Taschentuch auf.

»Jetzt fahren wir noch mal zu der anderen Freundin«, brummte Lisa. »Vielleicht ist die inzwischen wieder zu Hause.« Sie trank einen Schluck.

»Glaubst du, die Mädels haben gemeinsame Sache mit Alex Riedmaier gemacht?«, fragte Jonas.

»Du meinst, dass die zusammen jemandem ein Viertelpfund Koks geklaut haben?« Lisa leerte ihre Tasse. »Keine Ahnung. Auf jeden Fall hat die Kleine die Hosen gestrichen voll.« Sie brachte die Tassen zurück zum Tresen und verließ mit Jonas das Café.

Eine halbe Stunde später standen sie erneut vor der Wohnung des Mädchens, dessen Mutter kaum Deutsch konnte.

»Ist Ihre Tochter jetzt da?«, wiederholte Lisa ihre Frage. »Hüda?«

Die Frau hob die Hände und überschüttete sie mit einem unverständlichen Wortschwall.

Lisa und Jonas tauschten einen Blick. So hatte es keinen Wert. Vermutlich mussten sie mit einem Dolmetscher wiederkommen. Sie wollten gerade aufgeben, als eine tiefe Stimme aus dem Inneren der Wohnung etwas blaffte, was die Frau zum Schweigen brachte.

Kurz darauf tauchte ein junger Mann auf, den Lisa auf Mitte zwanzig schätzte. Er war groß, muskulös und trug einen dichten Vollbart. »Was wollt ihr?«, fragte er feindselig.

»Wir sind von der Polizei und würden Ihrer Schwester gerne ein paar Fragen stellen.« Jonas zeigte ihm seinen Dienstausweis.

»Sie redet nicht mit Bullen.«

Lisa hatte Mühe, einen neutralen Gesichtsausdruck zu wahren. Sie kannte den Typ: junger Mann aus einem Familienumfeld, in dem Frauen nichts zu melden hatten.

»Wir haben ein paar Fragen zu einer ihrer Freundinnen«, sagte Lisa mühsam beherrscht.

»Verpiss dich, Bullenschlampe!«, zischte er.

»Was haben Sie gesagt?« Jonas legte drohend die Hand an seine Dienstwaffe.

»Kommst dir wohl vor wie ein toller Typ«, schnaubte der Bartträger. »Was willst du jetzt tun? Mich abknallen?« Er lachte. »Verpisst euch! Meine Schwester redet nicht mit euch.« Damit knallte er ihnen die Tür vor der Nase zu.

»Aha«, bemerkte Jonas trocken.

Lisa hatte Mühe, die Wut, die in ihr hochkochte, unter Kontrolle zu bekommen. Sie hasste solche Typen. Vermutlich prügelte er seine Mutter und seine Schwester grün und blau, wenn die nicht taten, was er von ihnen verlangte. Wenn sie weiter darauf bestanden, mit dem Mädchen zu reden, gefährdeten sie es vermutlich.

»Hier erfahren wir nichts«, sagte Jonas. »Wenn wir sie zur Vernehmung abholen lassen, sagt die uns gar nichts.« Er zog Lisa von der Wohnungstür weg und schob sie zur Treppe. »Lass uns weiter versuchen, Familienangehörige des Opfers zu finden. Es kommt mir komisch vor, dass wir bisher weder Mutter noch Vater ausfindig machen konnten.«

Lisa atmete ein paar Mal tief durch, ehe sie die Treppen hinab zur Haustür ging. Draußen schüttelte sie den Kopf. »Ahu Altas war Kurdin. Vielleicht ist sie alleine als Flüchtling hierhergekommen.«

»Oder es ist nicht ihr richtiger Name«, gab Jonas zurück.

»Sie hatte nicht mal ein Facebook-Konto! Mir kommt die ganze Sache allmählich mehr als merkwürdig vor. Ich bin dafür, dass wir der anderen Freundin noch mal auf den Zahn fühlen.«

»Das halte ich für wenig zielführend«, murmelte Jonas. »Die hatte so viel Angst, dass sie sich vermutlich lieber die Zunge abbeißt, als uns was zu sagen.«

»Verdammt!« Lisa schlug mit der Faust in ihre Handfläche.

»Lass uns zurück zur Dienststelle fahren und rausfinden, ob inzwischen die Kameraaufnahmen vom Krankenhaus da sind. Wenn wir die sichten, finden wir vielleicht Hinweise auf die Täter.«

»Super«, stöhnte Lisa. »Stundenlang auf den Monitor glotzen. Genau das, was ich mir vorgestellt hatte.«

Jonas lachte. »Bist heute wohl mit dem falschen Fuß aufgestanden?«

Lisa schnitt eine Grimasse. »Eigentlich nicht.« Sie warf einen letzten Blick zurück auf das Mehrfamilienhaus, in dem fast ausschließlich Ausländer wohnten. »Glaubst du, das ist so ein Türken-Kurden-Ding?«

»Wegen dem Poster vom türkischen Präsidenten?« Jonas zuckte die Achseln. »Seit dem Putsch kochen da auf allen Seiten die Gemüter ziemlich hoch. Wäre sicher möglich. Aber warum ist dann Alex Riedmaier umgebracht worden? Der ist weder Türke noch Kurde. Dafür hatte er jede Menge Koks.«

Lisa stöhnte. »Fragen habe ich selber genug, nur keine Antworten.« Sie stiegen ins Auto. »Wenn es dieselben Täter waren, die Riedmaier und seine Freundin umgebracht haben, warum haben die sie dann nicht zusammen in den Wald geschleppt?«

»Ich. Weiß. Es. Nicht.« Jonas ließ den Wagen an.

Wenig später waren sie wieder im Büro und klickten sich durch eine wahre Flut von Überwachungsvideos.

Nach ein paar Stunden gab Lisa entnervt auf. »Nichts Verdächtiges bis jetzt. Und bei dir?«

Jonas reckte sich und rieb sich die Augen. »Ein paar Kerle, die nicht besonders sympathisch aussehen, aber das bedeutet nicht, dass sie Riedmaier umgebracht haben. Das ist fast, wie eine Nadel im Heuhaufen zu suchen. Die haben sich leider nicht ›Ich war's‹ auf die Stirn tätowiert.« Er gähnte.

Lisa sah auf die Uhr. Es war schon viel später, als sie gedacht hatte. »Lass uns morgen weitermachen«, sagte sie. »Ich hab schon viereckige Augen.«

»Wann ist die nächste SOKO-Besprechung?«, wollte Jonas wissen.

»Morgen früh.« Lisa fuhr ihren Computer herunter und zog ihre Jacke an. »Ich muss mich bewegen, sonst flippe ich aus«, sagte sie.

»Sport? Echt?« Jonas machte ein übertrieben schockiertes Gesicht.

»Würde dir auch guttun, du faules Ei«, frotzelte Lisa. Dann schnappte sie sich ihre Tasche und machte sich auf den Weg zum Ausgang. Draußen überlegte sie nicht lange und wählte Marks Nummer. »Hi«, sagte sie, als er abnahm.

»Hi.« Im Hintergrund waren Fahrgeräusche zu hören.

»Bist du im Auto?«

»Ja, ich muss über Nacht nach Hause. Nach Heidenheim«, setzte er hinzu.

»Okay. Dann hat sich die Sache erledigt. Ich wollte wissen, ob du mitkommen willst zum Krav Maga.«

Mark lachte. »Du gehst jetzt echt noch zum Krav Maga? Hut ab.«

»Offensichtlich bin ich die Einzige, die nicht den ganzen Tag rumsitzen kann«, maulte Lisa.

»Lisa, hör zu …«, hob Mark an.

»Alles gut«, unterbrach sie ihn. »Dann frage ich eine Kollegin.« Sie fuhr sich durch die Haare. »Hat deine Fahrt nach Heidenheim was mit dem Angriff vor dem Hotel zu tun?«

»Nein. Wie kommst du denn darauf?«

Lisa runzelte die Stirn. Irgendwie war sein Ton komisch. Es war fast, als ob sie mit einem Fremden telefonierte. Kriegte er kalte Füße wegen dem bisschen Sex? Oder verheimlichte er ihr doch etwas? »Dann bin ich ja beruhigt«, sagte sie trocken.

»Ich melde mich, wenn ich wieder da bin«, versprach Mark.

Nachdem sie noch ein paar Belanglosigkeiten ausgetauscht hatten, legte Lisa auf. Im Verlauf des Gesprächs hatte sich ihr Verdacht erhärtet. Irgendetwas ging vor, von dem er ihr nichts sagen wollte. Bei ihrem nächsten Treffen würde sie ihm definitiv auf den Zahn fühlen.

KAPITEL 22

A 8, September 2017

Mark hatte ein ungutes Gefühl im Bauch, als er sein Handy auf der Mittelkonsole ablegte. Sobald er gesehen hatte, wer der Anrufer war, hatte er die Freisprechanlage ausgeschaltet und verkehrswidrig mit einer Hand telefoniert. Zuerst hatte er den Anruf ablehnen wollen – wegen der Wanze. Aber dann hatte er sich anders entschieden, um Lisa nicht noch misstrauischer zu machen. Ihm war klar, dass sie bemerkt hatte, dass er ihr nicht die Wahrheit sagte. Allerdings wollte er sie nicht auch noch mit in die Sache hineinziehen. Es reichte, dass Lukas sich nicht von seiner Idee abbringen lassen wollte.

Als ihm ein aufgemotzter Sportwagen dicht auffuhr, spürte er, wie die Wut in ihm zurückkam. Der Angriff vor dem Hotel hatte eine rohe Aggression in ihm befreit, die ihm Angst machte. Ob es an dem Adrenalinschub lag oder daran, dass er nicht wusste, wem die Kugeln gegolten hatten, war nicht wichtig. Das einzig Wichtige war, dass er sich im Moment am liebsten mit jemandem geprügelt hätte. Seine geladene 45er lag im Handschuhfach, die

22er steckte in seinem Halfter. Ein Teil von ihm hoffte, dass ihm jemand zu Hause auflauerte. Ein anderer Teil warnte ihn davor, den Plan in die Tat umzusetzen, da er Lukas damit in erhebliche Gefahr brachte.

Er schaltete das Radio ein, um sich abzulenken, und legte den Rest der Strecke in weniger als 40 Minuten zurück. Bei seinem Haus angekommen, parkte er so, dass man den Passat schon von weitem sehen konnte, und schloss die Haustür auf. Bevor er das Haus betrat, rief er Lukas an. »Ich bin da«, sagte er.

»Super.« Der Freund klang aufgedreht. »Geh rein, mach ein bisschen Lärm und ruf mich dann an. Alles klar?«

»Mir gefällt die Sache immer noch nicht. Wir wissen nicht, mit wem wir es zu tun haben.«

»Dann sagen wir eben, dass du mir die Wanze morgen früh bringst«, gab Lukas zurück. »Sobald du aufgelegt hast, tust du so, als ob du noch jemand anderen anrufst, und verabredest dich zum Essen heute Abend. Wenn wir recht haben mit unserer Vermutung, werden die die Chance nutzen, um die Wanzen zu entfernen.«

»Und dann?«

»Ich komme gleich rüber und installiere ein paar Überwachungskameras. Dann hast du Bilder von den Typen.«

»Hm.« Mark war sich nicht sicher, ob er das wollte.

»Du denkst doch hoffentlich nicht daran, denen aufzulauern«, sprach Lukas das aus, was Mark vorgehabt hatte.

»Wieso nicht?«

»Weil du keine Ahnung hast, wie viele es sind.«

»Ach. Hast du doch plötzlich Bedenken?«

»Nö. Aber das heißt nicht, dass ich lebensmüde bin. Ich finde, wir sollten uns das alles aus sicherer Entfernung angucken.«

Mark überlegte einen Augenblick. »Meinetwegen, komm vorbei mit deinen Kameras. Aber ich verkrieche mich nicht in einem Loch wie ein Angsthase.«

»Vielleicht kommt gar niemand«, wandte Lukas ein. »Es kann durchaus sein, dass denen klar ist, dass man sie nicht orten kann.«

»Das sehen wir dann schon«, brummte Mark.

»Okay. Bis gleich. Ich muss nur noch ein paar Sachen zusammensuchen.«

Mark legte auf, schloss die Haustür auf und zog die Waffe, die er in den Hosenbund gesteckt hatte. Sie war gesichert und geladen, und er hatte nicht die geringsten Bedenken, sie einzusetzen, sollte ihm jemand auflauern. Er hielt die Luft an und lauschte in die Stille.

Nichts rührte sich.

So leise wie möglich durchsuchte er Zimmer für Zimmer, bis er sicher war, dass er alleine war. Dann tat er, was Lukas vorgeschlagen hatte, und ging anschließend in die Küche, um sich einen Käsetoast zu machen. Die wenigen Vorräte, die er noch hatte, waren fast abgelaufen, doch er hatte keine Lust, einkaufen zu gehen. Sobald die Sache mit den Wanzen geklärt war, würde er wieder nach Stuttgart fahren.

Als es eine halbe Stunde später klingelte, ließ er Lukas ins Haus.

Der legte den Zeigefinger auf die Lippen.

Mark verdrehte die Augen.

Es dauerte eine Weile, bis Lukas die Kameras angebracht hatte. Als er fertig war, bedeutete er Mark, ihm nach draußen zu folgen.

Mark zog sich eine Fleecejacke an, holte zwei zusätzliche Magazine aus seinem Tresor und steckte sie in die Tasche.

Draußen sah Lukas ihn groß an. »Du hast echt deine Kanone dabei? Ist das …?« Er brauchte die Frage nicht zu beenden.

Mark zuckte die Achseln. »Ist mir egal«, brummte er. »Lieber Ärger als tot.« Er ging zu seinem Auto, holte die Wanze aus dem Fußraum und ging zurück ins Haus, um sie auf den Küchentisch zu legen. So, dass sie sofort zu sehen war, wenn man den Raum betrat.

»Und jetzt?«, wollte Lukas wissen.

»Jetzt gehst du zu dir und hast ein Auge auf das, was die Kameras aufzeichnen«, gab Mark zurück. »Wenn die mein Telefon nicht auch angezapft haben, wissen sie nicht, wer du bist.«

Lukas zog eine Schnute. »Und du bleibst hier und spielst Einzelkämpfer?«

»Ich *bin* Einzelkämpfer«, erwiderte Mark trocken.

Lukas hob die Hände. »Okay, schon gut. Mach, was du willst. Aber wenn mir irgendwas komisch vorkommt, rufe ich die Polizei.«

»Tu das«, brummte Mark. Er klopfte Lukas freundschaftlich auf die Schulter. »Ich will nicht, dass du wieder in die Schusslinie gerätst«, sagte er. »Danke für die Hilfe.«

»Dir ist schon klar, dass jeder Superheld einen Helfer hat, oder?« Lukas grinste.

»Ich bin kein Superheld, und du bist nicht Lois Lane«, witzelte Mark.

»*Die* ist kein Helfer«, prustete Lukas, wurde aber sofort wieder ernst. »Pass auf dich auf«, bat er.

Mark nickte. »Mach ich. Und du versprich mir eines.«

»Was?«

»Egal, was du siehst, bleib, wo du bist!«

Lukas nickte widerstrebend und brauste wenig später mit seinem hippen Mini davon.

Mark wartete, bis von dem Freund nichts mehr zu sehen war, ehe er zurück ins Haus ging, sein Handy stumm schaltete und sich im Wohnzimmer auf seinen durchgesessenen Sessel setzte. Vermutlich würde es eine Weile dauern, bis jemand kam. Falls ihre Falle überhaupt funktionierte.

KAPITEL 23

Heidenheim, September 2017

Es war kurz vor 21 Uhr, als Mark das Schlagen einer Autotür vernahm. Obwohl die Möglichkeit bestand, dass es sich um einen Nachbarn handelte, spürte er, wie sich die Härchen auf seinen Unterarmen aufrichteten. Sein Instinkt sagte ihm, dass Gefahr drohte, weshalb er zum Fenster ging und vorsichtig an dem blickdichten Rollo vorbeilugte. Auf einem Parkplatz, auf dem normalerweise ein weißer Van stand, glänzte eine Oberklasselimousine im Licht der Straßenlaternen. Mark erhaschte einen Blick auf einen bulligen Typen im Anzug.

Der sah sich geübt nach Beobachtern oder Verfolgern um, was die Alarmglocken in Marks Kopf noch lauter schrillen ließ. Als der Kerl die Hand unter sein Jackett steckte, sah Mark sein Schulterhalfter.

Er hatte recht gehabt! Der Typ sah eindeutig nach Militär aus. Also war der MAD hinter ihm her und hatte – wen? – einen Killer geschickt, um ihn auszuschalten, weil er die Wanzen entdeckt hatte. Was wollten die von ihm? Er überlegte nicht lange, zog seine Glock und ging hinter dem Sessel in Deckung. Früher oder später würde der Kerl im Wohnzimmer auftauchen, wo Lukas ebenfalls fündig geworden war.

Es dauerte nicht lange, bis sich der ungebetene Besucher an der Tür zu schaffen machte. So schnell, dass es auf viel Übung schließen ließ, knackte er das Schloss und betrat das Haus. Dank des Lichts der Straßenlampen, das durch das Küchenfenster in den Flur fiel, konnte Mark eine Waffe mit Schalldämpfer erkennen.

Sein Herzschlag beschleunigte sich, weshalb er sich zwang, ruhig und gleichmäßig zu atmen, so wie er es in der Ausbildung gelernt hatte. Er war im Vorteil. Der Eindringling hatte keine Ahnung, dass er ihm eine Falle gestellt hatte. Wenn es ihm gelang, den Kerl zu überwältigen, würde er ihn zum Reden bringen, schwor Mark sich. Egal, was dazu nötig war, er würde herausfinden, wer ihn bespitzelte!

Der Bullige schloss die Tür hinter sich und lauschte einige Augenblicke in die Dunkelheit. Dann steuerte er zielstrebig auf die Treppe zu und machte sich auf den Weg ins Obergeschoss, wo Lukas ebenfalls ein Abhörgerät gefunden hatte. Vermutlich wollte er sichergehen, dass wirklich niemand zu Hause war, den er aufschrecken konnte.

Mark spürte die Anspannung in jeder Faser seines Körpers. So leise wie möglich kam er hinter dem Sessel hervor und zog eins der Rollos ein Stückchen hoch, damit auch ins Wohnzimmer etwas Licht von draußen fiel. Jetzt konnte er die Umrisse der Möbel erkennen und fühlte sich nicht mehr ganz so, als ob er mit geschlossenen Augen auf der Lauer läge.

Die Situation erinnerte ihn unangenehm an das letzte Mal, als in seinem Haus eingebrochen worden war. Damals war jemand auf der Suche nach einem USB-Stick gewesen, den einer von Marks ehemaligen Kameraden gestohlen und an ihn geschickt hatte. Ein Einfall schoss ihm durch den Kopf. War es möglich, dass …? Das Geräusch von Schritten, die die Treppe hinabkamen, unterbrach seine Gedanken. Er umklammerte seine Pistole mit beiden Händen und machte sich so klein wie möglich.

Kurz darauf erschien der Bullige im Türrahmen. Nachdem er kurz lauschend verharrt hatte, ging er zu den Fenstern, zog das Rollo wieder ganz zu und knipste das Licht an.

Mark wartete, bis er ihm den Rücken zukehrte, ehe er hinter dem Sessel hervorkam. »Keine Bewegung!«, knurrte er.

Der Eindringling erstarrte.

»Umdrehen!«, befahl Mark. Die Hand mit der Waffe zitterte vor Wut.

So schnell, dass das Auge kaum folgen konnte, wirbelte der Bullige herum, hechtete zur Seite und zog im Fallen seine Pistole.

Mark konnte gerade noch in Deckung gehen, ehe die erste Kugel in die Sessellehne einschlug.

Weitere Geschosse rissen Löcher in den Putz der Wand hinter ihm.

Mit einem lautlosen Fluch rollte Mark sich zur Seite, streckte die Hand mit der Waffe hoch und feuerte blind in die Richtung, in der er den Schützen vermutete. Ein Grunzen verriet ihm, dass er sein Ziel getroffen hatte. Da das gegnerische Feuer aufgehört hatte, wagte er es, hinter dem Sessel hervorzulugen, doch von dem Eindringling war nichts mehr zu sehen. Mark hörte gerade noch die Tür zuschlagen.

»Scheiße!«, schimpfte er und rannte zum Fenster.

Er sah den Kerl zu seinem Wagen humpeln, einsteigen und mit quietschenden Reifen davonrasen.

Einen Sekundenbruchteil war Mark versucht, ihm eine Kugel hinterherzuschicken, ließ die Glock jedoch sinken. In seinen eigenen vier Wänden rumzuballern, war eine Sache. Mit einer 45er in einem Wohngebiet um sich zu schießen, eine andere. Er war gerade auf dem Weg nach draußen, um den Kerl zu verfolgen, als sein Handy klingelte.

Er ignorierte es, rannte zu seinem Passat und ließ den Motor an. Dann gab er Vollgas. Als er die Hauptstraße erreichte, war allerdings keine Spur mehr von der Limousine zu entdecken.

Mark schlug frustriert mit der Faust aufs Lenkrad. Warum hatte er nicht versucht, das Nummernschild zu erkennen?

Sein Handy klingelte erneut.

»*Was*?«, blaffte er.

»Was zum Geier war das?«, keuchte Lukas in sein Ohr. »Hat der auf dich *geschossen*?« Er klang völlig außer Atem.

»Fuck!«, knurrte Mark.

»Bist du okay?«

»Ja. Mir ist nichts passiert.« Mark wendete den Wagen und fuhr zurück zu seinem Haus. Er wollte nachsehen, ob der Kerl irgendetwas dagelassen hatte, das helfen könnte, ihn zu identifizieren. Fingerabdrücke würde er keine finden, weil der Einbrecher Handschuhe getragen hatte. Aber vielleicht hatte er im Eifer des Gefechts etwas verloren. Die Hülsen seiner Patronen lagen auf jeden Fall in Marks Wohnzimmer rum. Mit ein bisschen Grafitstaub von einem Bleistift konnte er eventuell Fingerabdrücke sichtbar machen.

»Ich habe alles aufgezeichnet«, sagte Lukas.

Mark hielt mitten in der Bewegung inne. »Du hast den Typen auf der Festplatte?«

»Mhm.«

»Ich bin gleich bei dir. Muss nur noch überprüfen, ob er was dagelassen hat, was hilft, ihn zu identifizieren.«

»Willst du nicht die Polizei rufen?«

Mark schnaubte. »Wenn der Kerl vom MAD war, macht das keinen Sinn.«

»Aber du weißt nicht, ob …«

»Wir rufen *nicht* die Polizei. Basta.«

*

Nachdem er die Stadt verlassen hatte, fuhr der Bullige einige Kilometer, ehe er auf einem Wanderparkplatz mitten im Nirgendwo anhielt. Seine Seite tat höllisch weh, aber es schien nur ein Streifschuss zu sein. Trotzdem verlor er viel Blut und konnte nicht riskieren, am Steuer das Bewusstsein zu verlieren.

Er war stinkwütend, weil er Becker offensichtlich wie ein Anfänger in die Falle gegangen war. Der Anruf, die Nummer mit den Wanzen, war nur dazu gedacht gewesen, sie aus der Deckung zu locken. Was ja auch wunderbar funktioniert hatte. Mit einem Fluch stieg er aus dem Wagen, ging zum Kofferraum und kramte den Erste-Hilfe-Kasten hervor.

Im Licht der Innenraumbeleuchtung befreite er die Wunde vom Stoff seines Hemdes und betrachtete sie zähneknirschend. Wie er vermutet hatte, war es nur ein Streifschuss gewesen. Dennoch konnte er es sich nicht leisten, den Kratzer zu ignorieren. Mit den Zähnen riss er ein Stück Pflaster von der Rolle ab, drückte eine Kompresse auf die Wunde und klebte sie fest. Dann pfefferte er den Erste-Hilfe-Kasten auf den Rücksitz, lehnte den Kopf an die Kopfstütze und versuchte, die in ihm brodelnde Wut unter Kontrolle zu bringen.

Mark Becker hatte ihn vorgeführt. Wenn die anderen davon erfuhren, würden sie endgültig darauf bestehen, ihn aus dem Weg zu räumen.

Der Bullige biss die Zähne aufeinander. »Weißt du was, Arschloch?«, murmelte er. »Die anderen haben recht!« Mit dieser Aktion hatte Becker endgültig bewiesen, dass die Gefahr, die von ihm ausging, größer war als jeder Nutzen, den er jemals würde bringen können.

Der Mann im Wagen ließ den Motor wieder an. Sobald die Wunde verheilt war, würde er gnadenlos Jagd auf

Mark Becker machen. Und dann würde er ihm mit Freude eine Kugel in den Schädel jagen!

KAPITEL 24

Heidenheim, September 2017

Mark ließ frustriert den Pinsel sinken, mit dem er eine der herumliegenden Patronenhülsen eingestäubt hatte. Entweder hatte der Einbrecher auch beim Laden der Waffe Handschuhe getragen, oder Marks Methode war einfach Mist. Wütend packte er die Hülsen in eine Plastiktüte, steckte sie ein und ging ins Obergeschoss, um dort nachzusehen. Allerdings war in seinem Schlafzimmer alles unverändert, nichts schien bewegt worden zu sein. Er wollte gerade seine Jacke anziehen, um zu Lukas zu fahren, als es an der Tür klingelte. Ein Blick aus dem Fenster verriet ihm, dass ein Wagen mit Blaulicht auf der Straße stand.

»Na super!«, stöhnte er. Offenbar hatten die Nachbarn die Schüsse gehört und die Polizei gerufen. Wenn er die Beamten ins Haus ließ, würden sie seine Waffen sehen wollen. Shit!

Es klingelte erneut.

Da Licht im Haus brannte und ihm keine andere Wahl blieb, rannte er zu seinem Safe, legte die Glock und die 22er hinein und brüllte: »Ich komme!« Dann schloss er die Tür zum Wohnzimmer und machte den beiden Uniformierten auf, die draußen warteten.

»Kann ich Ihnen helfen?«, fragte er.

Der ältere der beiden, ein Hauptkommissar, musterte ihn misstrauisch. »Hier in der Nachbarschaft sollen Schüsse gefallen sein«, sagte er. »Dürften wir uns mal Ihren Safe ansehen? Sie sind der einzige Waffenbesitzer in der Gegend.«

Mark widerstand dem Drang, die Tür zuzuknallen. Stattdessen setzte er ein gezwungenes Lächeln auf. »Sicher, kommen Sie rein.«

Einer der Beamten folgte ihm ins Haus, der andere blieb bei der Tür stehen – die Hand an der Pistole.

Mark ging zum Safe, gab die Kombination ein und öffnete ihn.

»Eine 45er und eine 22er«, stellte der Uniformierte fest. »Sind das alle Waffen?«

Mark nickte.

»Haben Sie heute Abend damit geschossen?«, wollte der Beamte wissen.

Mark schüttelte den Kopf und hoffte, dass man das Kordit nicht mehr riechen konnte. »Ich habe auch einen Knall gehört«, beeilte er sich zu sagen. »Aber ich glaube, das war eine Fehlzündung.«

Der Hauptkommissar sah ihn fragend an.

»Hier ist irgendein aufgemotztes Auto durchgefahren. Dann hat es ein paar Mal geknallt. Vermutlich hat der Fahrer die Karre getunt und findet das toll.« Er hoffte, dass die Beamten ihm die Lüge abkauften.

Die tauschten einen Blick, zuckten die Achseln und machten Anstalten zu gehen. »Sie sind Feldjäger, richtig?«, fragte der bei der Tür.

Mark nickte. Er hatte keine Lust, den beiden zu erklären, dass er aus dem Dienst ausgeschieden war.

»Rufen Sie uns an, wenn es noch mehr Fehlzündungen gibt«, bat der Ältere trocken. Dann verließ er mit seinem Kollegen das Haus und stieg in den Streifenwagen.

Mark knallte die Tür zu und atmete erleichtert auf. Das hätte böse ins Auge gehen können. Er wartete, bis von dem Wagen nichts mehr zu sehen war, ehe er die Waffen wieder aus dem Safe holte und einsteckte. Dann machte er sich auf den Weg zu Lukas.

»Wieso hat das so lange gedauert?«, empfing ihn der Freund. Er trat nervös von einem Fuß auf den anderen, wie jemand, der viel zu viel Kaffee getrunken hatte.

»Die Polizei war da«, gab Mark zurück.

»Und?«

»Jetzt sind sie wieder weg.« Mark ging in Lukas' Küche und holte sich ein Bier.

»Komm mit«, forderte der ihn auf. »Ich hab den Typen klar und deutlich auf dem Schirm.« Er grinste triumphierend.

Mark folgte ihm in sein Büro, wo ihm die Visage des Einbrechers entgegenblickte. Lukas hatte das Bild auf dem Monitor eingefroren.

»Kennst du ihn?«

Mark schüttelte den Kopf. »Den hab ich noch nie gesehen.« Er nahm einen Schluck Bier. »Aber das heißt nichts. Ich glaube, du hattest recht mit deiner Vermutung.«

»Mit welcher?«

»Dass der MAD an mir dranklebt.« Mark stellte das Bier ab und ließ sich in einen von Lukas' Hightech-Stühlen fallen. »Das war ein Profi.«

»Was wollen die von dir?«

»Vermutlich sichergehen, dass ich keine Militärgeheimnisse geklaut habe«, gab Mark zurück. »Jedenfalls sind sie jetzt aufgeflogen.«

Lukas starrte auf den Bildschirm. »Ich würde an deiner Stelle in die Kaserne fahren und deinem Chef die Meinung geigen«, brummte er.

»Und was sollte das bringen? Denkst du, der gibt zu, dass der MAD sich für mich interessiert?« Mark schüttelte den Kopf. »Vermutlich weiß er gar nichts davon.« Er zeigte auf den Bildschirm. »Kannst du das ein bisschen schärfer machen?«

»Klar.« Lukas ging zum Computer, tippte ein paar Mal auf der Tastatur herum und lehnte sich schließlich zurück. »Ich hab's dir gemailt. Sollte gleich in deiner Inbox sein.«

Tatsächlich gab Marks Handy kurz darauf einen Ton von sich, der ihm mitteilte, dass er eine Nachricht erhalten hatte. Er sah aufs Display. »Sehr gut«, murmelte er. »Jetzt weiß ich, wie du aussiehst.«

»Die schicken doch bestimmt beim nächsten Mal einen anderen«, wandte Lukas ein.

Mark zuckte die Achseln. »Wir werden sehen.« Er nahm sein Bier wieder vom Tisch. »Jedenfalls bin ich froh, dass wir dich aus der Sache rausgehalten haben und die nicht wissen, dass du mir geholfen hast.«

»Ja, wenn ich mir den Kerl so angucke, bin ich auch froh«, scherzte Lukas.

Mark drehte die Flasche nachdenklich in der Hand hin und her.

»Was ist?«, wollte Lukas wissen.

Mark presste die Lippen aufeinander. »Vielleicht galt der Anschlag vor dem Hotel gar nicht den Musikerinnen.« Er hatte Lukas erzählt, was passiert war.

»Erzählst du deiner Polizistin von dem Einbruch?«, fragte Lukas.

»Sie ist nicht *meine* Polizistin!«

»Ja, klar.« Lukas lachte. »Erzählst du es ihr?«

Mark überlegte einen Moment. »Lieber nicht.« Vermutlich würde Lisa dann Fragen stellen, die er nicht beantworten wollte. Noch nicht. Erst musste er mehr über den Kerl herausfinden, der bei ihm eingebrochen war.

Er trank sein Bier aus, redete noch ein bisschen mit Lukas und quartierte sich dann über Nacht bei ihm ein. Am nächsten Morgen machte er sich früh auf den Weg zurück nach Stuttgart.

KAPITEL 25

Stuttgart, September 2017

Es war kurz nach 8 Uhr, als Lisa sich im SOKO-Raum einen Platz suchte – ganz vorne bei den Sachbearbeitern für die Abschnitte »Ermittlungen« und »Operative Maßnahmen«. Jemand hatte das Fenster geöffnet, um den Mief rauszulassen, der von der letzten Besprechung noch in der Luft hing. Der Raum war proppenvoll, überall dampften Kaffeebecher vor sich hin.

Thomas Fuchs, der SOKO-Leiter, hatte bereits ein paar Fakten auf das Whiteboard neben dem Flipchart geschrieben. Der Beamer auf dem Tisch war mit Beakers Computer verbunden, auf dessen Monitor der Kriminaltechniker so konzentriert starrte, dass er nicht einmal merkte, wie sein Sitznachbar ihm den Kaffeebecher wegzog.

»Kann's losgehen?«, fragte Lisas Chef.

Bejahendes Brummen ging durch den Raum.

»Was habt ihr für mich?« Thomas Fuchs sah Lisa auffordernd an.

»Nicht viel«, seufzte sie. »Bisher haben wir keine Hinweise darauf, woher das Kokain stammt, das wir in Riedmaiers Studentenbude gefunden haben. Über die Familie von Ahu Altas konnten wir bis jetzt auch noch nichts in Erfahrung bringen und ihre beiden Freundinnen haben vor irgendetwas solche Angst, dass sie kein Wort sagen.«

»Ladet sie zur Vernehmung vor«, sagte Thomas.

»Das wird nicht viel bringen«, wandte Jonas ein.

»Vielleicht, vielleicht auch nicht. Ich habe schon oft gesehen, dass ein Vernehmungszimmer Wunder bewirkt hat.«

Lisa zuckte die Achseln. »Meinetwegen«, murmelte sie.

»Die Opfer waren also miteinander befreundet«, stellte ihr Chef fest. »Koks bei ihm, ein verunglimpfter türkischer Präsident bei ihr. So viel zu möglichen Motiven. Wie sieht es mit Eifersucht aus? Habt ihr irgendwelche Hinweise darauf, dass einer von ihnen anderweitig verbandelt war? Warum diese völlige Abwesenheit in den sozialen Netzwerken?«

»Vielleicht haben sie sich schon vorher vor jemandem versteckt«, mutmaßte einer der anderen Ermittler.

»Vor wem? Hinweise haben wir keine, außer dass beide getötet worden sind«, sagte Thomas Fuchs. »Haben die Videos aus dem Krankenhaus irgendetwas ergeben?«, wandte er sich an Jonas.

Der schüttelte den Kopf. »Da sind haufenweise komische Typen, aber keiner, der sich besonders auffällig verhält.«

»Die Telefondaten der beiden Opfer sind auch nicht besonders aufschlussreich«, ließ sich einer der IT-Leute vernehmen.

»Habt ihr die Nummern überprüft, die angerufen worden sind?«

»Wir sind noch dabei.«

Beakers Rechner gab ein »Ping« von sich. Er runzelte die Stirn. »Gerade kommt was rein, was uns vielleicht weiterhilft«, sagte er.

»Spuck's aus!«, forderte Thomas Fuchs ihn auf.

»Eine Nachricht von den Ballistikern im KTI«, erwiderte Beaker. »Und jetzt wird's merkwürdig. Das Projektil, das die Ärzte aus Riedmaier rausgeholt haben, ist aus derselben Waffe abgefeuert worden wie ein Projektil in einem anderen Fall.«

Lisa stöhnte. »In was für einem? Sag schon!«

Beaker hob den Kopf und sah sie an. »Bei der Schießerei vor dem Hotel am Schlossgarten.«

Lisa wurde plötzlich kalt. »Die, in die Mark Becker verwickelt war?«, fragte sie leise.

Beaker nickte.

»Das gibt's doch nicht!« Jonas beugte sich zu Beaker hinüber, um etwas auf dessen Monitor zu erkennen. »Becker?«

»Der Kerl scheint die Scheiße anzuziehen«, kommentierte der SOKO-Leiter trocken. Er überlegte einen Augenblick. »Setzt euch mit den Sachbearbeitern dieses Falls in Verbindung und versucht rauszufinden, ob noch mehr Parallelen bestehen.« Er rieb sich das Kinn. »Ach ja, und ladet Mark Becker vor.«

Einige der Anwesenden lachten.

»Das wird allmählich zur Gewohnheit«, frotzelte jemand.

Aber Lisa hörte ihn kaum. In was war Mark da schon wieder reingeraten? Der Verdacht, dass er ihr etwas verschwieg, keimte erneut in ihr auf. Wusste er, wer auf die Musikerinnen gefeuert hatte? Hatte er die Täter womöglich erkannt? Sie biss sich auf die Lippe. Hatte sie sich so in ihm getäuscht? War er vielleicht doch ein anderer als der, für den sie ihn hielt? Machte er ihr etwas vor und lachte sich hinter ihrem Rücken ins Fäustchen?

Den Rest der Besprechung erlebte sie wie im Traum. Als der SOKO-Leiter das Meeting schließlich beendete, schwirrte ihr der Kopf. Zum Glück wusste keiner ihrer Kollegen, dass sie mit Mark schlief. Sonst würde ihr Chef sie sofort von dem Fall abziehen. »Ich muss aufs Klo«, entschuldigte sie sich, sobald sie mit Jonas draußen auf dem Flur ankam. Ohne auf eine Antwort zu warten, floh sie den Korridor entlang und verbarrikadierte sich in einer Kabine.

Plötzlich war ihr schlecht. Würgend beugte sie sich über die Kloschüssel, doch ihr Magen weigerte sich, etwas herzugeben. Sie hatte bloß eine Banane gefrühstückt und die blieb, wo sie hingehörte. Mit einem Stöhnen lehnte sie sich schließlich mit dem Rücken an die Tür und verfluchte sich für ihre Dämlichkeit. Wie hatte sie nur so bescheuert sein können, ausgerechnet Mark mit nach Hause zu nehmen? Wo immer er auftauchte, gab es Ärger. Ob es nun seine Schuld war oder nicht, er schien immer im Mittelpunkt von Gewalt zu stehen.

Nachdem sich der Aufruhr in ihrem Inneren ein bisschen gelegt hatte, verließ sie die Kabine und warf sich eine Handvoll kaltes Wasser ins Gesicht. Sie musste einen klaren Kopf bewahren. Wenn sie sich jetzt von ihren Gefühlen für Mark ablenken ließ …

Mit einem Fluch pfefferte sie das Papierhandtuch in den Mülleimer und machte sich auf den Weg zu ihrem Büro. Dort nahm sie ihr Telefon und wählte Marks Nummer.

KAPITEL 26

Stuttgart, September 2017

Das Klingeln seines Handys ließ Mark zusammenzucken. Er hatte vergessen, es auf lautlos zu stellen, weil er an diesem Morgen mit den Gedanken überall war, nur nicht in seinem Auto. Ein Blick aufs Display der Freisprechanlage verriet ihm, dass es Lisa war, die ihn anrief. Obwohl ihm der Vorfall des gestrigen Abends noch in den Knochen steckte, grinste er. Als die Ampel vor ihm auf Rot schaltete, nahm er den Anruf entgegen. »Ich fehle dir wohl?«, begrüßte er sie scherzend.

»Kennst du den, der auf dich geschossen hat?«, fragte sie anstelle einer Antwort.

Mark zuckte zusammen. Wie hatte sie so schnell von dem Einbruch erfahren? Durften die Beamten in Heidenheim solche Informationen einfach so an sie weitergeben? Und wieso? Hatte sie ihm hinterhergeschnüffelt? »Woher weißt du davon?«, fragte er.

»Wie? Woher weiß ich davon? Willst du mich verarschen?«

Mark runzelte die Stirn. »Welche Schießerei meinst du?«

»Ehrlich?«, empörte sich Lisa. »Willst du mich jetzt echt für dumm verkaufen? In wie viele Schießereien warst du in den letzten Tagen denn so verwickelt?«

Mark fuhr an, da jemand hinter ihm ungeduldig hupte. Sein Gehirn arbeitete auf Hochtouren. Trotzdem dauerte es einige Sekunden, bis er begriff, dass sie den Zwischenfall beim Schlossgarten meinte. »Vor dem Hotel?«, fragte er.

»Wo denn sonst?«, brauste sie auf.

Mark versuchte, sich seine Erleichterung nicht anmerken zu lassen. »Nein. Woher sollte ich die Schützen kennen? Es waren vier Mann auf Motorrädern. Man konnte nicht mal die Gesichter sehen.«

»Du musst zur Vernehmung hierherkommen«, gab Lisa kühl zurück.

»Warum? Bearbeitet ihr jetzt den Fall?«

»Das kann ich dir nicht sagen.«

Mark verzog das Gesicht. Jetzt klang sie wieder genauso schnippisch wie damals, als sie ihn wegen seines ehemaligen Kameraden verhört hatte. »Lisa?«, fragte er. »Was ist los?«

Er hörte sie am anderen Ende seufzen.

»Es gibt eine neue Entwicklung, zu der du uns vielleicht ein paar Fragen beantworten kannst«, sagte sie schließlich.

»Warum bearbeitest *du* jetzt den Fall?«, bohrte Mark weiter.

»Das erkläre ich dir, sobald du hier bist«, versprach sie.

Mark glaubte ihr nicht, weil er den ausweichenden Ton kannte. So schnell war er also von jemandem, den man mit nach Hause nahm, zu jemandem geworden, dem sie mit ihrer professionellen Maske begegnete.

»Ich bin auf dem Weg zum Wasen«, informierte er sie. »Es kann ein bisschen dauern, bis ich alles erledigt habe, was noch zu tun ist. Sobald ich fertig bin, rufe ich dich an. Okay?«

»Ja, okay«, brummte sie. »Aber heute noch, ja?«

»Versprochen.« Mark wollte noch etwas Persönliches sagen, sie fragen, wann sie sich privat wiedersehen konnten. Auch der Drang, sich ihr anzuvertrauen, war groß. Doch er schluckte die Worte, verabschiedete sich von ihr und legte auf. »So ein Mist!«, schimpfte er. Was hatte sie rausgefunden? Weshalb wollte sie ihn zu den Schüssen hinter dem Hotel befragen? Wusste sie etwas, was seine Vermutung bestätigte, dass der Anschlag *ihm* gegolten hatte? Oder war es reine Routine und er nichts weiter als ein wichtiger Zeuge? Er presste die Lippen aufeinander und verwünschte einen Familien-Van, der sich im Schneckentempo vor ihm auf seine Spur drängte. »Fahr zu!« Er umklammerte das Lenkrad so heftig, dass seine Knöchel weiß hervortraten.

Eine Viertelstunde später parkte er seinen Dienstwagen auf dem Festgelände. Wie beim letzten Mal musste er sich einen Platz zwischen zahllosen LKWs, Transportern und Privatautos suchen, die den Festwirten, Dekorateuren und Handwerkern gehörten. Die Wohnwagen der Schausteller standen etwas abseits auf dem Campingplatz. Vorbei am Riesenrad, dem Kinderkarussell und der Achterbahn machte Mark sich auf den Weg zu der Gasse zwischen den Festzelten »Dinkelacker« und »Schwaben-Bräu«, in denen kräftig gewerkelt wurde. Die Mitarbeiter der Abfallwirtschaft Stuttgart waren ebenfalls bereits vor Ort, weil auch in den Tagen vor der Eröffnung reichlich Müll anfiel. Über drei Wochen lang würden Besucher aus der ganzen Welt sich mit Bier, »Göckele« und den Fahrgeschäften des Wasens amüsieren. Wie jedes Jahr würde es nicht nur friedlich zugehen, sondern zu Rangeleien, Diebstählen und Belästigungen kommen. Wenn Mark an die Frischlinge dachte, die Michael eingestellt hatte, erfüllte ihn nicht unbedingt Zuversicht.

Auf der Suche nach einem der zuständigen Ansprechpartner kam er an der Riesenschaukel, dem Autoscooter, der Blumenverlosung und dem Bibelstand vorbei. Jahrelang hatte sich direkt daneben ein Kondom-Mobil befunden, hatte ihn eine der Putzkräfte aufgeklärt.

»Heute muss der Wasen ohne Verhütung auskommen«, hatte die Frau gekichert. »Vermutlich war es dem Herrgott ein Dorn im Auge.«

Mark ging weiter, passierte eine Boxbude, das »Café Grell«, zahlreiche Stände mit Süßigkeiten, die Geisterbahn, Hofbräu-Zelte, den »Happy Sailor« und das Kasperltheater, bis er den Mann, den er suchte, schließlich fand. Der war in einem der Wasenzelte ins Gespräch mit einer drallen Dame im Dirndl vertieft, die eine ganze Heerschar von Helfern herumscheuchte.

»Nicht dahin!«, schimpfte sie. »Die Kränze gehören in den ›Stadel‹ da drüben!«

Zwei Männer machten mit ihrer Last kehrt und verschwanden hinter einer Absperrung.

Mark begrüßte die Wirtin, die für ihren Frühschoppen und ihre krosse Bauernente berühmt war, und bedeutete dem Stadtangestellten, dass er mit ihm reden wollte.

»Ich komme gleich«, sagte der, scherzte noch ein bisschen mit der Wirtin und wandte sich dann von ihr ab.

Draußen dröhnte ohrenbetäubendes Gedudel aus einem Lautsprecher.

»Macht das leiser!«, brüllte jemand.

Es knackte und knisterte, dann wurde der Lärm auf ein erträgliches Niveau zurückgedreht.

»Was gibt's?«, fragte der Mann lustlos.

»Sind inzwischen alle Absperrungen aufgebaut?«, fragte Mark.

Der Angestellte zuckte die Achseln. »Weiß ich nicht.«

»Wie wär's, wenn Sie jemanden fragen, der es weiß?« Mark versuchte, so freundlich wie möglich zu bleiben, obwohl er dem Kerl am liebsten sein Funkgerät in den Rachen gestopft hätte. Das Gespräch mit Lisa ging ihm nicht aus dem Kopf und es machte ihn ganz kribbelig, dass sie ihm plötzlich wieder die kalte Schulter zeigte. Vertraute sie ihm so wenig? Er kehrte dem Stadtangestellten den Rücken und sah sich in dem Festzelt um. Die Dekoration war schon fast fertig, hing von dem rotweiß gestreiften Zeltdach. Bierbänke und -tische lagen auf dem Boden und warteten darauf, aufgestellt zu werden. Zwei Zimmerleute waren damit beschäftigt, die Bühne fertig aufzubauen, über der große Lautsprecher an einem

Metallgerüst befestigt waren. Mark konnte sich vorstellen, wie heiß und stickig es werden würde, wenn die Bänke bis auf den letzten Platz besetzt waren. Am anderen Ende des Zeltes kommandierte die Wirtin Männer in karierten Hemden herum, die schwere Bierfässer hinter den Tresen wuchteten.

»Hallo! Hören Sie?« Der Mann mit dem Funkgerät fuchtelte in der Luft herum, um Marks Aufmerksamkeit auf sich zu ziehen.

Mark wandte sich ihm zu. Er wollte gerade den Mund aufmachen, um seine Frage zu wiederholen, als er einen Mann mit einem schwarzen Kapuzenpulli und Sonnenbrille das Zelt betreten sah. Die Brille war verspiegelt. Als er die Hand hob, um etwas ins Zelt zu werfen, erschien es Mark wie in Zeitlupe.

Es dauerte nur einen Sekundenbruchteil, bis er erkannte, was es war. »Alle Mann in Deckung! Handgranate!« Er hechtete hinter einen Stapel Bierbänke und zog den Kopf ein.

Kurz darauf ließ ein gewaltiger Knall das Festzelt erzittern.

Fetzen und Splitter flogen.

Menschen kreischten.

Obwohl Mark sich die Hände auf die Ohren gedrückt hatte, war er so gut wie taub. Instinktiv tastete er nach der Waffe an seinem Gürtel, doch die lag im Handschuhfach seines Wagens. Trotzdem robbte er hinter der Deckung hervor und lugte zum Zelteingang. Da von dem Mann im Kapuzenpulli nichts mehr zu sehen war, sprang er auf und sprintete nach draußen. Dort sah er, wie der Kerl hinter einer Bude in einer Nebengasse verschwand. »Rufen Sie die Polizei!«, brüllte er ein paar Männern zu, die, vom Lärm angelockt, herbeiliefen. »Und Rettungswagen. Da drin sind Verletzte!« Ohne auf die Blicke der Leute zu achten, rannte er dem Fliehenden hinterher.

Er umrundete die Bude, keuchte die Gasse entlang und langte kurz darauf bei einer Absperrung an, die der Flüchtende umgerissen hatte. Er sah gerade noch, wie der Kerl in einen grauen Mustang stieg, ehe das Auto davonraste.

Ein Kennzeichen war aus dieser Entfernung nicht zu erkennen.

»Das gibt's doch nicht!«, schimpfte Mark. Eine Handgranate? In einem Festzelt? Waren das dieselben Typen, die hinter ihm her waren? Er trat fluchend gegen einen der Metallzäune, der mit einem Quietschen umkippte.

KAPITEL 27

Stuttgart, September 2017

»Waaaaaas?« Lisas Stimme überschlug sich fast, als Mark ihr eine Stunde später am Telefon erzählte, was passiert war. »Eine Handgranate?«

Mark saß auf der Rampe eines Rettungswagens und ließ sich von einem Sanitäter den Arm verbinden, in den sich ein Splitter gebohrt hatte. Die Schwerverletzten waren bereits mit Blaulicht in die umliegenden Krankenhäuser gebracht, zwei Tote mit Tüchern abgedeckt worden. Zahllose Streifenbeamte sperrten den Tatort ab und befragten die umstehenden Zeugen.

Mark erklärte Lisa, was passiert war.

»Bleib, wo du bist!«, befahl sie. »Ich komme zum Wasen.«

»Hier sind aber schon Kollegen von dir«, gab Mark zurück, da inzwischen auch Zivilbeamte eingetroffen waren.

»Das ist mir Wurst. Rühr' dich nicht von der Stelle!«

»Yes, Sir, Madam, Sir!«, scherzte Mark lahm.

»Nicht lustig.« Lisa legte auf.

Obwohl das Adrenalin in Marks Blut allmählich abebbte, fühlte er sich, als ob er mit den Fingern in eine Steckdose gefasst hätte. Die Sorge in Lisas Stimme war deutlich zu hören gewesen, was bedeutete, dass er ihr doch nicht ganz gleichgültig war. Mit einem tiefen Ausatmen rutschte Mark etwas zur Seite und lehnte sich mit der Schulter am Rettungswagen an.

Das Festzelt war an einer Seite völlig zerfetzt. Die Wirtin, die offensichtlich unter Schock stand, lief kopflos hin und her, auch wenn die Beamten immer wieder versuchten, sie zu beruhigen.

»Das gibt's doch nicht! Wieso bei mir?«, rief sie immer wieder. Ihr üppiger Busen wogte bei jedem Wort, so dass es aus der Ferne wirkte, als wolle er das Dirndl sprengen.

Der Angestellte der Stadt, den Mark wegen der Absperrungen gefragt hatte, gehörte zu den Opfern. Zwei Leichenwagen warteten bereits am Ende der Gasse, aber es würde vermutlich noch eine Weile dauern, bis die Toten abtransportiert werden konnten.

Das, was von ihnen übrig war. Mark verzog das Gesicht, als er sich an den Anblick der zerfetzten Opfer erinnerte, die direkt neben der Granate gestanden hatten, als sie explodierte. So etwas hatte er bisher nur wenige Male gesehen – im Einsatz in Afghanistan.

»Sie waren auch im Zelt?«, sprach ihn einer der Streifenbeamten an.

Mark nickte.

»Was genau ist passiert?«

Mark blies die Wangen auf. Er wusste, dass der Mann nur seine Arbeit tat. Trotzdem hätte er ihn am liebsten weggescheucht, um auf Lisa zu warten.

»Können Sie mir sagen, was passiert ist?«, wiederholte der Beamte seine Frage.

Mark nahm sich zusammen und betastete gedankenverloren seinen verletzten Arm. Dann erklärte er dem jungen Kommissar, was sich im Festzelt ereignet hatte.

»Können Sie den Mann beschreiben?«

Mark zuckte die Achseln. »Etwa einsneunzig groß, kräftig gebaut. Sein Gesicht konnte man nicht sehen.« Als der Beamte ihn fragend ansah, setzte er hinzu: »Kapuzenpulli.«

»Ist Ihnen irgendetwas aufgefallen, was helfen könnte, den Täter zu identifizieren?«

Mark erzählte ihm von der Verfolgung und dem grauen Mustang. »Die Frage, die ich mir stellen würde«, setzte er hinzu, »ist, wie der Täter an eine Handgranate gekommen ist. So was kann man nicht einfach im Laden kaufen.«

Der Streifenpolizist lachte. »Sie würden sich wundern, was man alles im Internet beschaffen kann. Jemand, der sich im Darknet auskennt, kriegt heutzutage so ziemlich alles.«

»Das gibt's doch nicht! Wieso bei mir?«, jammerte die Wirtin in ihrer Nähe weiter.

»Haben Sie die Dame gefragt, ob sie Drohungen erhalten hat?«, wollte Mark wissen.

Der Uniformierte bedachte ihn mit einem kühlen Blick. »Keine Angst, wir wissen, wie wir unsere Arbeit zu machen haben.« Er sah in seine Notizen. »Sie sind für die Sicherheit auf dem Wasen zuständig?«

Mark nickte. »Unsere Firma ist vom Veranstalter damit betraut. Da können Sie gerne nachfragen.«

»Habe ich schon«, erwiderte der Kommissar. »Wie konnte dann so etwas passieren?«

Mark fuhr sich mit den Handflächen übers Gesicht. »Der Wasen hat noch nicht angefangen, wir stecken noch mitten in der Planung.«

»Aha.« Der Polizist steckte seinen Kuli in die Tasche. »Die Kollegen werden Sie auch noch befragen wollen.«

Bevor Mark antworten konnte, kam Lisa auf den Krankenwagen zugestürmt. Ihr Gesicht war kreideweiß.

Der Uniformierte schien sie zu kennen, da er sich nach einem kurzen Gruß schleunigst verzog.

»Bist du verletzt?«, fragte Lisa mit einem Blick auf Marks blutigen Ärmel.

»Nichts Schlimmes. Nur ein Kratzer. Wo ist dein Partner?«

»Im Präsidium«, brummte Lisa. »Ich hab ihm versprochen, dich mitzubringen.«

Mark zog die Brauen hoch. »Warum wollt ihr mich befragen?«

Lisa sah sich um. Als sie sicher war, dass keiner der Schausteller sie hören konnte, sagte sie: »Die Projektile, mit denen auf dich und die Musikerinnen geschossen worden ist, sind aus derselben Waffe wie die Kugel in einem unserer Fälle.«

Mark starrte sie ungläubig an.

»Die Ballistikergebnisse sind eindeutig«, sagte sie. »Dieselbe Waffe, eine 45er.«

»Das macht keinen Sinn«, gab er zurück. »Was ist das für ein Fall?«

»Das kann ich dir nicht sagen«, wich Lisa aus.

»Na prima. Müssen wir jetzt wieder so tun wie beim letzten Mal, als ihr mich vernommen habt?« Mark spürte Wut in sich aufsteigen. Was sollte er denn noch machen, damit sie ihm endlich vertraute? Dachte sie wirklich, er wüsste, wer die Schützen waren? Ein Stich des Gewissens dämpfte die Wut. Vielleicht zog Lisa genau die richtigen Schlüsse. Wenn der MAD hinter ihm her war …

»Ich hatte mir unser nächstes Treffen auch anders vorgestellt«, sagte sie. »Kannst du aufstehen?«

Mark nickte.

»Dann sage ich den Kollegen Bescheid, dass ich dich mitnehme.«

*

Der Bullige ließ verwundert das Fernglas sinken, mit dem er das Geschehen vom Neckarufer aus verfolgt hatte. Was zum Geier war da los? War das, was man selbst an seinem Standort noch gehört hatte, wirklich die Explosion einer Granate gewesen? Hatte tatsächlich jemand versucht, eines der Festzelte in die Luft zu jagen? Da die Wunde in seiner Seite immer noch pochte und nachblutete, hatte er sich dazu entschlossen, nur ein Auge auf

Mark Becker zu haben, anstatt ihm eine Kugel in den Kopf zu jagen. Sein Rachedurst drängte ihn zwar dazu, ihn so schnell wie möglich auszuschalten, doch um Fehler zu vermeiden, musste er den Tagesablauf des ehemaligen Feldjägers kennen.

Er hob das Fernglas zurück an die Augen und beobachtete das Gewimmel auf dem Wasen. Zahllose Einsatzfahrzeuge verstellten die Sicht auf das Zelt, in dem die Granate hochgegangen war.

Konnte es ein Zufall sein, dass Becker in der Nähe gewesen war? Erst vor kurzem hatte der Bullige von dem Anschlag vor dem Hotel erfahren. Auch dort war Mark Becker in die Schusslinie geraten. Machten noch andere Jagd auf ihn? Waren er und seine Männer nicht die Einzigen, die eine Rechnung mit ihm zu begleichen hatten? Er verfolgte, wie eine Frau mit blonden Haaren zu Becker eilte und ihn nach einer kurzen Diskussion vom Krankenwagen wegzog. Der fehlende Abstand zwischen den beiden verriet dem Beobachter, dass sie nicht nur dienstlich miteinander zu tun hatten.

Der Bullige runzelte die Stirn. War das die Frau, mit der Becker im Auto telefoniert hatte? Wie hatte sie noch gleich geheißen? Tina? Nein, Lisa! Er ließ das Fernglas erneut sinken und nagte auf seiner Lippe herum. Hatte Becker was mit einer Polizistin am Laufen? Wusste sie von der Schießerei in seinem Haus? Er warf das Fernglas auf den Beifahrersitz und stieg in seine Limousine. Die Sache wurde immer interessanter. Sobald der verdammte Streifschuss ein bisschen abgeheilt war, würde er sich um

Becker kümmern. Er ließ den Motor an. Wenn ihm nicht andere zuvorkamen …

KAPITEL 28

Stuttgart, September 2017

»Du verschweigst mir doch irgendwas.« Lisa half Mark mit dem Gurt, ehe sie sich selbst anschnallte und den Dienstwagen vom Parkplatz fuhr. Der Schreck saß ihr immer noch in den Gliedern, aber sie wollte sich ihre Sorge nicht anmerken lassen. Solange er ihr nicht die Wahrheit sagte, durfte sie sich nicht von ihren Gefühlen für ihn blenden lassen. Wie es aussah, steckte er schon wieder bis zum Hals in der Scheiße und verkaufte sie für blöd.

»Wie kommst du darauf?«, fragte Mark.

»Ich bin Ermittlerin«, schnaubte sie. »Ich merke, wenn mir jemand nicht die Wahrheit sagt.«

Mark schüttelte den Kopf. »Ich sage dir die Wahrheit! Was, denkst du, verschweige ich dir?«

Lisa warf ihm einen Seitenblick zu. »Das klären wir besser auf der Dienststelle.« Sie hörte selbst, dass ihr Ton zickig war, aber er trieb sie schon wieder fast in den Wahnsinn mit seiner Unschuldsmiene. Genau diesen Ausdruck hatte er beim letzten Mal auch gehabt, als er vor ihr verheimlicht hatte, dass er ein Beweisstück kopiert hatte. Und *das* hatte beinahe in einer Katastrophe geendet. Sie überholte einen Rollerfahrer. Die stinklangweiligen Wochen voller Papierkram hatte sie nur Mark zu verdanken. Auf keinen Fall würde sie zulassen, dass er sie noch mal an der Nase herumführte!

»Wer war das Opfer in dem anderen Fall?«, hakte Mark nach.

»Warte, bis wir im Präsidium sind«, erwiderte Lisa. Jonas hatte vermutlich Fotos von Alex Riedmaier und Ahu Altas vorbereitet, die sie Mark zeigen konnten. Bevor er etwas entgegnen konnte, setzte sie hinzu: »Und kein Wort über unsere …« Sie suchte nach einem passenden Wort.

»Beziehung?«, fragte Mark. Es klang spöttisch.

Hatten sie eine Beziehung? Lisa war sich nicht sicher, ob sie es so nennen wollte. Zu einer Beziehung gehörte mehr. Ehrlichkeit zum Beispiel. Sie zuckte die Achseln. »Behalte es einfach für dich, ja?«

»Sonst wirst du von dem Fall abgezogen«, stellte Mark fest.

Lisa biss die Zähne aufeinander. Es half nicht, dass er die Abläufe und Regeln genau kannte.

Die nächsten zehn Minuten schwiegen sie und Lisa war froh, als endlich der Pragsattel in Sicht kam. Sie parkte den Wagen hinter dem Haus und brachte Mark in ein Vernehmungszimmer. »Willst du einen Kaffee?«, fragte sie.

Mark schüttelte den Kopf. »Ein Wasser. Bitte.«

Lisa ließ ihn sitzen und holte eine Flasche und ein Glas aus ihrem Büro. Abhauen würde er vermutlich nicht. Obwohl sie sich bei Mark nie sicher sein konnte, zu welchem Mist er in der Lage war. »Becker ist da«, informierte sie Jonas. »Im Vernehmungszimmer 2.«

»Dann besorge ich eine Schreibkraft. Hatte er was mit der Handgranate zu tun?«

Lisa schüttelte den Kopf.

»Aber ein bisschen viel Zufall ist das schon«, stellte Jonas fest.

Lisa schluckte den Kommentar, der ihr auf der Zunge lag. Sie suchte die Bilder von den beiden jungen Opfern zusammen, steckte sie in einen Umschlag und klemmte sich die Flasche unter den Arm. Als sie wenig später ins Vernehmungszimmer zurückkehrte, stand Mark am Fenster. »Jonas kommt gleich«, informierte Lisa ihn. Sie stellte die Flasche und das Glas auf den Tisch. »Willst du mir vorher noch was sagen?«

Mark goss sich einen Schluck Wasser ein. Seine Hand zitterte. »Wenn du mir sagst, was du wissen willst«, gab er zurück, nachdem er getrunken hatte.

Lisa riss den Blick von seinen Händen los. Es war nicht hilfreich, daran zu denken, was er mit seinen Fingern alles anstellen konnte. Da sie fürchtete, dass er ihr ihre Gedanken ansehen könnte, wich sie seinem Blick aus.

»Sind das Bilder?« Mark zeigte auf den Umschlag.

Lisa nickte.

In dem Moment erschienen Jonas und die Schreibkraft auf der Schwelle. Wortlos suchten sie sich einen Platz.

Mark diktierte ungefragt seinen Namen und seinen Wohnort. Außerdem gab er seinen neuen Beruf an: Sicherheitsberater.

Jonas erklärte ihm fürs Protokoll, warum sie ihn herbestellt hatten. Er zog die Bilder von Alex Riedmaier und Ahu Altas aus dem Umschlag und legte sie vor Mark auf den Tisch. »Kannten Sie eines der Opfer?«

Mark griff nach den Fotos und betrachtete sie eingehend. Schließlich schüttelte er den Kopf. »Sie sind mit derselben Waffe getötet worden, mit der vor dem Hotel geschossen worden ist?«, erkundigte er sich.

Lisa bejahte. »Bist du sicher, dass du sie nicht kennst?«, bohrte sie weiter.

»Ja. Die beiden habe ich noch nie gesehen. Haben sie als Models gearbeitet? Vielleicht haben sie denselben Manager wie die Musikerinnen.« Mark schob die Bilder zurück über den Tisch.

»Fehlanzeige«, seufzte Lisa. »Das haben wir schon überprüft.« Sie steckte die Fotos wieder in den Umschlag, weil die Gesichter der beiden jungen Leute ihr irgendwie anklagend vorkamen.

»Was ist mit dem Angriff auf das Festzelt?«, wollte Mark wissen. »Seid ihr dafür auch zuständig?«

»Das übernimmt der Staatsschutz«, gab Lisa zurück.

»Könnte da ein Zusammenhang bestehen?«, fragte Jonas.

Lisa tauschte einen Blick mit Mark. Wieder hatte sie für einen Sekundenbruchteil das Gefühl, dass er etwas vor ihr verbarg. »Hast du den Täter gesehen?«

»Nur kurz.« Mark beschrieb den Kerl im Kapuzenpulli.

»Was hatten Sie da überhaupt zu suchen?«, mischte Jonas sich ein.

»Seine Firma erstellt das Sicherheitskonzept für den Wasen«, informierte ihn Lisa.

»Ach?« Jonas zog die Brauen hoch.

Lisa hätte sich am liebsten die Zunge abgebissen. »Hat er mir im Auto erzählt«, setzte sie hinzu.

Mark grinste.

Lisa widerstand der Versuchung, ihn mit dem leeren Glas zu bewerfen. Sie durfte sich nicht provozieren lassen. Wenn er es darauf anlegte, dass sie von dem Fall abgezogen wurde, würde er eine bittere Enttäuschung erleben. Ihr war klar, dass sie unfair war, dass ihre Gefühle ihre Urteilskraft trübten. Dennoch wollte sie unter keinen Umständen, dass ein anderer Kollege für sie übernahm. Sie kannte Mark. Deshalb war sie sich inzwischen vollkommen sicher, dass er sie belog.

Nachdem sie ihm noch ein paar Fragen gestellt hatten – auf die er keine Antworten hatte –, beendete Jonas die Vernehmung.

»Die Kollegen vom Staatsschutz wollen sicher auch noch einiges wissen«, sagte Lisa.

»Die wollten sich melden«, wandte Mark ein.

»Dann bringe ich dich zum Ausgang.« Lisa packte ihn beim Arm und zog ihn aus dem Zimmer. Jonas' fragenden Blick ignorierte sie.

»Was soll das?«, zischte Mark.

»Halt die Klappe!«

»Das letzte Mal, als du das gesagt hast …«

Lisa schob ihn ins Treppenhaus. Vor dem Präsidium angekommen, sah sie sich um. Als sie sicher war, dass sie alleine waren, stach sie ihm mit dem Zeigefinger in die Brust. »Heute Abend, halb acht beim Italiener am Schlossplatz«, sagte sie. »Und dann sagst du mir die Wahrheit!«

»Aber …«

»Kein Aber!« Sie bugsierte ihn in Richtung Treppe und brachte ihn zum Drehkreuz. »Sei besser pünktlich!« Mit diesen Worten hielt sie ihren Chip an das Lesegerät und beförderte Mark nach draußen. Ohne auf seinen verdatterten Gesichtsausdruck zu achten, machte sie kehrt und stürmte zurück ins Gebäude.

KAPITEL 29

Stuttgart, September 2017

Auf dem Weg zurück zum Wasen zermarterte Mark sich das Gehirn, womit er sich verraten hatte. Wieso ahnte Lisa, dass er ihr etwas verheimlichte? War es einfach nur weibliche Intuition? Die Wanzen hatte er mit keinem Wort erwähnt und von dem Vorfall in Heidenheim schien sie auch nichts zu wissen. Ihm wurde ganz flau, wenn er sich vorstellte, was passieren würde, sollte sie irgendwie davon Wind bekommen. Den Verdacht, dass der MAD etwas mit dem Granatenwurf zu tun hatte, hatte er so schnell verworfen, wie er gekommen war. Das war nun wirklich nicht der Stil des Militärgeheimdienstes. Zu viel Aufmerksamkeit, zu viele Fragen.

Nachdem das Taxi, das er gerufen hatte, ihn auf dem Gelände abgesetzt hatte, machte er sich auf den Weg zurück zu dem zerfetzten Festzelt, das inzwischen weiträumig abgesperrt worden war. Kriminaltechniker in weißen Overalls suchten alles peinlich genau ab und Mark hoffte, dass sie einen Hinweis fanden. Dass bei dem Angriff vor dem Hotel dieselbe Waffe benutzt worden war wie bei zwei Morden, bereitete ihm Kopfzerbrechen. Er kannte weder die junge Frau noch den Mann und er bezweifelte ernsthaft, dass der MAD Interesse an ihnen gehabt hatte.

Was ging wirklich vor? Irrte er sich mit seiner Annahme, dass der MAD ihn bespitzelte? Wer sonst konnte hinter allem stecken? Oder handelte es sich um einen Zufall, dass dieselbe Waffe benutzt worden war? Heutzutage war es jederzeit möglich, Pistolen und selbst Granaten im Darknet zu kaufen. Vielleicht war der Täter aus Lisas Fall so die Tatwaffe losgeworden.

Tief in Gedanken versunken, suchte er nach dem zuständigen Mitarbeiter der Verwaltung, um das weitere Vorgehen mit ihm abzusprechen. Bevor er ihn in dem Chaos ausfindig machen konnte, klingelte sein Handy.

»Bist du okay?«, fragte Michael Kuhn ohne eine Begrüßung.

»Ja, mir geht es gut.«

»Wo bist du? Ich habe zigmal versucht, dich anzurufen!«

Mark nahm das Handy vom Ohr und sah aufs Display. Zehn verpasste Anrufe. Im Präsidium hatte er das Telefon stumm geschaltet.

»Wieder auf dem Wasen. Ich musste zur Vernehmung ins Polizeipräsidium.«

»Herrgott! Ich hab sonst was gedacht!«

»Sorry. Ich hätte dich anrufen sollen.«

Michael Kuhn seufzte. »Wichtig ist, dass es dir gutgeht. Wenn die dich nicht mehr als Zeugen brauchen, komm zurück ins Büro.«

»Ich wollte gerade abklären, wie es hier jetzt weitergeht«, sagte Mark.

»Gar nicht. Wir sind gefeuert worden.«

»Was?«

»Man hat uns gefeuert«, wiederholte Michael Kuhn. »Der Vertrag ist fristlos gekündigt.«

Mark kratzte sich am Kinn. »Geht das so einfach?«

»Glaub mir, ohne Klage kommen die nicht davon. Aber offensichtlich gilt so ein Vorfall als Grund für einen Rausschmiss.«

»Scheiße!«, war alles, was Mark dazu einfiel.

»Wer schmeißt eine Granate in ein Festzelt? Bevor die Party losgeht? Terroristen?«

Mark runzelte die Stirn. Daran hatte er noch gar nicht gedacht. Vielleicht hatte der Vorfall auf dem Wasen ganz andere Gründe, als er bisher angenommen hatte. Der Kerl im Kapuzenpulli hatte einen Bart gehabt. Jedenfalls glaubte er das. Was, wenn es sich um einen Islamisten handelte, der das Volksfest für einen Sündenpfuhl hielt? »Ich rede noch kurz mit dem Staatsschutz, dann komme ich«, versprach er.

»Alles klar.« Michael Kuhn machte eine kurze Pause. »Ich könnte es verstehen, wenn du nach allem, was passiert ist, hinschmeißt«, seufzte er. »Aber ohne dich kann ich den Laden dichtmachen.«

Mark biss sich auf die Lippe. Vielleicht sollte er seinen Verdacht mit Michael teilen. Immerhin war der früher selbst beim MAD gewesen und wusste, wie dort vorgegangen wurde. »Ich habe den Wagen gesehen, mit dem der Täter abgehauen ist«, sagte er stattdessen. »Ein grauer Mustang.«

»*Was?*« Michael klang erstaunt.

»Kennst du jemanden mit so einer Karre?«

»Kennen wäre zu viel gesagt. Hast du das Nummernschild gesehen?«

Mark verneinte.

»Das wirft ein ganz anderes Licht auf die Sache«, murmelte Michael.

»Was meinst du?«

»Komm her, dann erkläre ich dir alles.« Ehe Mark nachbohren konnte, legte er auf. Interessant, dachte er. Wollte jemand Michael das Geschäft verderben? Er steckte sein Handy ein und machte sich auf die Suche nach den Beamten des Staatsschutzes. Nachdem er einen Termin zu einer Vernehmung mit ihnen vereinbart hatte, stieg er in seinen Dienstwagen und fuhr nach Degerloch.

»Also?«, fragte er, sobald er Michaels Büro betreten hatte.

»Mach die Tür zu.« Michael Kuhn warf ihm einen forschenden Blick zu, der an seiner zerrissenen Jacke hängen blieb.

»Nur ein Streifschuss«, beruhigte Mark ihn. »Nichts Schlimmes.«

Michael öffnete eine Schublade und holte eine Akte hervor. Er legte sie vor Mark auf den Tisch.

»Was ist das?«, wollte Mark wissen.

»Mein Verdacht«, gab Michael zurück.

Mark nahm sich die Akte und schlug den Deckel auf. Darin befand sich die Bewerbung einer abgelehnten Sicherheitskraft. »Denkst du, er hat was mit der Granate zu tun?«, fragte Mark, nachdem er sich die Unterlagen durchgelesen hatte.

»Er kam mit einem Mustang hierher«, erwiderte Michael Kuhn. »Ich hab die Karre gehört und aus dem Fenster gesehen. Sie war grau.«

Mark zog die Brauen hoch. »Ach was? Warum hast du ihn abgelehnt?«

»Weil er mich angelogen hat.« Michael tippte auf die Unbedenklichkeitserklärung. »Das ist nicht seine.«

»Oha!« Mark nahm das Bild des jungen Mannes aus der Akte und betrachtete es genau. Er hatte einen Vollbart. »Könnte sein«, murmelte er. »Du glaubst, dass er aus Rache, weil er den Job nicht gekriegt hat, mit einer Handgranate um sich schmeißt?« Die Leute schienen zwar immer verrückter zu werden, aber das war Mark dann doch ein bisschen zu krass.

»Warum fragen wir ihn nicht?«

KAPITEL 30

Stuttgart, September 2017

Nach Marks Vernehmung hatte Lisa Schwierigkeiten, sich zu konzentrieren. Warum hatte sie sich nur auf ihn eingelassen? Nach den Erfahrungen, die sie mit ihm gemacht hatte, hätte ihr klar sein müssen, dass er nichts als Ärger bedeutete. Sie hatte gedacht, dass sie ihn ab und zu mal mit nach Hause nehmen konnte – ohne jegliche Verpflichtungen -, doch diese Vorstellung hatte sie sich inzwischen abgeschminkt. Sie hatte sich Sorgen um ihn gemacht. Wie ein Hausmuttchen. Dabei war er doch, verdammt noch mal, alt genug, um auf sich selber aufzupassen!

Sie war froh, als Jonas nach dem Mittagessen vorschlug, die beiden Freundinnen von Ahu Altas zur Vernehmung ins Präsidium bringen zu lassen. Wenn sie von einem Streifenwagen abgeholt wurden, änderte sich vielleicht ihre Einstellung, doch die Kollegen in Uniform brachten nur eine der Frauen zum Pragsattel.

»Bei der anderen Adresse hat niemand auf unser Klingeln reagiert«, sagte der Dienstältere.

Lisa verzog das Gesicht. Sie sah die Mutter des Mädchens vor ihrem inneren Auge vor sich, wie sie sich hinter der Gardine versteckte, um die Straße zu beobachten. Vermutlich hatte der Bruder den Frauen verboten, die Tür aufzumachen, wenn kein Mann im Haus war. Sie nickte der jungen Frau zu und zeigte zum Lift. »Kommen Sie«, forderte sie sie auf.

Einen Augenblick lang sah es so aus, als wolle das Mädchen die Flucht ergreifen. Trotz des spachteldicken Make-Ups war deutlich zu erkennen, wie bleich sie war. »Warum haben Sie mich abgeholt?«, fragte sie leise. »Mit einem Streifenwagen?« Es klang verängstigt. »Jetzt wissen alle, dass ich bei der Polizei bin.«

»Ist das schlimm?«, fragte Lisa. Sie machte Platz, um die junge Frau vor sich in den Lift zu lassen.

Als sich die Tür schloss, beschleunigte sich der Atem des Mädchens.

»Ist es schlimm, dass man Sie mit meinen Kollegen zusammen gesehen hat?«, wiederholte Lisa ihre Frage.

Die junge Frau senkte den Blick und schwieg. Als Lisa sie in das Vernehmungszimmer führte, wurde sie noch bleicher. »Was wollen Sie von mir?«, flüsterte sie.

»Dass Sie uns sagen, vor wem Sie bei unserem letzten Gespräch solche Angst hatten«, gab Lisa zurück. Sie fasste die junge Frau forschend ins Auge. Mit den aufgerissenen Augen und dem flachen Atem wirkte sie wie ein aufgescheuchtes Reh. Irgendwie tat sie Lisa leid.

»Ich kann Ihnen nichts sagen!«

»Aber das haben Sie schon.« Jonas deutete auf einen Stuhl.

Die junge Frau setzte sich widerstrebend.

»Sie haben gesagt, dass *die* sie umbringen.« Lisa wählte den Platz direkt gegenüber dem Mädchen. »Wer sind *die*?«

Die junge Frau starrte wortlos auf die Tischplatte. Ihre Hände zitterten.

»Waren Ahu und ihr Freund in Drogengeschäfte verwickelt?«, hakte Lisa nach.

»Nein! Ahu hat keine Drogen genommen!«

»Haben sie und ihr Freund vielleicht damit gedealt, Çiğdem?«

Bei der Erwähnung ihres Namens sah die junge Frau Lisa flehend an.

»Haben sie gedealt?«, widerholte Lisa ihre Frage.

Çiğdem schüttelte den Kopf. »Ahu hätte so etwas nie getan«, murmelte sie.

»Und ihr Freund? Alex Riedmaier?«

»Das weiß ich nicht.«

Lisa legte ihr sanft die Hand auf den Arm.

Das Mädchen zuckte zurück.

»Vor wem haben Sie solche Angst?«, fragte sie erneut.

Çiğdem schwieg.

»Wollen Sie, dass wir den Täter finden?«, fragte Lisa.

»Natürlich«, flüsterte das Mädchen.

»Dann sagen Sie uns, was Sie wissen. Bitte.«

Einige Sekunden sah es so aus, als ob Çiğdem sich in sich zurückziehen würde, doch dann holte sie tief Atem und hob den Kopf. »Sie bringen mich um, wenn sie erfahren, dass ich mit Ihnen geredet habe«, sagte sie leise.

»Wer? Wir können Sie beschützen.«

Die junge Frau schüttelte den Kopf. »Wie denn?«, fragte sie verzweifelt. »Sie wissen ja nicht, wie das ist!«

»Dann sagen Sie es uns«, drängte Lisa. »Vor wem haben Sie solche Angst?«

Çiğdem begann, nervös mit den lackierten Fingernägeln an einem Häutchen zu zupfen.

»Niemand wird erfahren, was Sie uns gesagt haben«, versprach Lisa.

»Ihr Bruder«, murmelte Çiğdem schließlich so leise, dass Lisa sie kaum verstehen konnte.

»Ihr Bruder? Sie haben Angst vor Ahus Bruder?«

Çiğdem nickte.

»Aber wir haben keine Familienangehörigen von Ahu ausfindig machen können.«

»Er ist ihr Halbbruder. Ari.« Çiğdem nannte einen anderen Familiennamen. »Wenn er herausfindet, dass ich Ihnen das gesagt habe …« Sie zog schaudernd die Schultern hoch.

»Hat er Sie bedroht?«, hakte Jonas nach.

»Mehr kann ich Ihnen nicht sagen.«

Obwohl Lisa dem Mädchen ansah, dass das nicht der Wahrheit entsprach, nickte sie Jonas zu. Ein Name, das reichte. Wenn der Kerl wirklich der Bruder des Opfers war, hatten sie einen Grund, auch ihn zu befragen. »Danke.« Sie erhob sich und öffnete die Tür. »Sollen wir Sie in einem Zivilfahrzeug nach Hause bringen?«

Çiğdem schüttelte den Kopf. »Ich nehme den Bus.«

Lisa zog eine Visitenkarte aus der Tasche und drückte sie der jungen Frau in die Hand. »Rufen Sie mich an, wenn Sie sich bedroht fühlen oder uns noch etwas sagen wollen.« Sie brachte Çiğdem zum Drehkreuz und sah ihr nach, wie sie in Richtung Hauptstraße davonging.

Als sie zurück ins Büro kam, hatte Jonas bereits die Anschrift des Bruders in Erfahrung gebracht.

»Fahrt hin«, sagte Thomas Fuchs, als Lisa und Jonas ihn von der neuen Entwicklung in Kenntnis setzten. Er sah auf das Blatt Papier, das Jonas vor ihm auf den Tisch gelegt hatte. »Wieso hatten wir den nicht schon früher auf dem Schirm?«

»Weil wir nur nach Leuten mit demselben Namen gesucht haben«, gab Lisa zurück.

»Er scheint noch nicht lange im Land zu sein«, sagte Jonas. »Hat aber eine Aufenthaltsgenehmigung.«

»Findet raus, ob er Alibis für die Zeiten hat, in denen die beiden Opfer getötet worden sind.« Thomas Fuchs schüttelte den Kopf. »Und für die Schießerei vor dem Hotel. Offenbar hängen die Fälle irgendwie zusammen.« Er sah Lisa an. »Habt ihr von Becker was erfahren?«

Lisa verneinte.

»Na dann.« Thomas Fuchs schob Jonas die Informationen zu Ahu Altas' Bruder wieder zu. »Meldet euch, sobald ihr was Neues habt.«

Mit einem unguten Gefühl im Bauch verließ Lisa das Präsidium und fuhr mit Jonas zu der Adresse des Bruders. Çiğdems Angst war beinahe spürbar gewesen. Womit auch immer man ihr gedroht hatte, es musste überzeugend gewesen sein.

Die Adresse befand sich in einem Viertel mit vielen Wohnblöcken und einigen alten, heruntergekommenen Einfamilienhäusern. Sie parkten vor einem Gebäude mit verwildertem Garten, vor dem einige auffällige Autos parkten. An der Garage neben dem Haus prangte ein Blechschild mit einem Totenkopf und Schriftzeichen, die auf den ersten Blick arabisch aussahen.

»Na prima«, kommentierte Jonas trocken.

Lisa musterte den Totenschädel, über dem eine zerfetzte Fahne flatterte. »Sollen wir Verstärkung rufen?« Das mulmige Gefühl in ihrem Bauch verstärkte sich.

»Ist vermutlich besser.« Jonas ging zum Wagen und gab über Funk durch, wo sie sich befanden.

Zehn Minuten später trafen zwei Streifenwagen ein.

»Gibt's Ärger?«, fragte einer der Uniformierten. Er war gebaut wie eine Schrankwand.

»Hoffentlich nicht«, gab Lisa zurück. »Aber sicher ist sicher.« Sie legte die Hand an ihre Dienstwaffe und öffnete das windschiefe Gartentor. Bei der Haustür angelangt, betätigte sie die Klingel.

Drinnen ertönte wütendes Bellen.

»Verpisst euch, oder ich lasse die Hunde los!«, brüllte ein Mann.

»Polizei! Legen Sie die Hunde an die Leine!«

Das Bellen wurde lauter.

Lisa zog ihre Waffe.

Jonas und die Streifenbeamten taten es ihr gleich.

Plötzlich öffnete sich die Tür und zwei riesige Rottweiler mit gefletschten Zähnen knurrten sie kampflustig an.

KAPITEL 31

Stuttgart, September 2017

»Da ist er.« Michael Kuhn zeigte auf den bärtigen jungen Mann, der aus dem Haus kam, das er bei seiner Bewerbung als Adresse angegeben hatte.

Seit einer Dreiviertelstunde saßen Mark und er im Auto und beobachteten das Gebäude. Als Mark nach dem Türgriff fasste, um auszusteigen, hielt Michael ihn zurück.

»Warte. Ich will sehen, wo er hingeht. Wenn er hinter dem Angriff mit der Handgranate steckt, hat er das vermutlich nicht alleine geplant.«

»Warum nicht?«

»Weil er dazu nicht schlau genug ist.«

Mark schnaubte. »Seit wann muss man clever sein, um eine Granate zu werfen?«

»Dazu nicht. Aber irgendwie muss er sie besorgt haben. Und, ehrlich, für so was braucht man Beziehungen. Man kann nicht einfach im Darknet einkaufen wie in einem Supermarkt.«

»Ich würde mir den Kerl am liebsten gleich vorknöpfen«, brummte Mark.

»Und dann? Ihn auf der Straße verprügeln?« Michael schüttelte den Kopf. Er ließ den Motor an, als der Mann in einen grauen Mustang stieg, den er in einer Nebenstraße geparkt hatte. »Wir folgen ihm. Ich will wissen, was dahintersteckt. Wenn der das nicht nur aus Rache getan hat …«

Mark ballte die Fäuste. Es juckte ihn in den Fingerspitzen, aber er wusste, dass Michael recht hatte.

Sie fuhren dem Mustang durch mehrere Wohnviertel hinterher, bis sie schließlich in einer Gegend mit Wohnblöcken und alten Häusern ankamen. Vor einem dieser Gebäude stellte der Verfolgte seinen Wagen ab und verschwand in einem verwahrlosten Garten.

Mark und Michael wollten gerade aussteigen, um ihm zu folgen, als ein Auto auf sie zukam, das Mark kannte. Wenig später stieg Lisa aus und machte sich auf den Weg zu dem Haus, in dem der Bärtige verschwunden war.

»Was wollen die denn hier?«, fragte Michael.

»Das ist die Kripo«, erklärte Mark.

»Kennst du die?«

Mark nickte. Wie gut er Lisa kannte, behielt er allerdings für sich. »Was willst du jetzt tun?«

Michael überlegte einen Moment. »Warten«, sagte er schließlich. »Vielleicht sind die aus demselben Grund hier wie wir.«

Mark hatte keine Ahnung, was Lisa auf die Spur des Kerls gebracht hatte. Aber das Emblem an der Garage, das er jetzt erst entdeckte, ließ ihn instinktiv nach der Waffe tasten, die er verbotenerweise dabeihatte. Als wenig später zwei Streifenwagen um die Ecke bogen, atmete er erleichtert auf. Angespannt verfolgte er, wie Lisa und ihre Kollegen in dem Garten verschwanden. Hatte sie nicht gesagt, der Staatsschutz sei für die Explosion auf dem Wasen zuständig? Wieso war sie dann hier? Hatte der Kerl noch mehr auf dem Kerbholz? »Das Gekritzel an der Garage sieht arabisch aus«, stellte er fest. »Wenn der Typ ein Islamist ist …«

Michael nickte. »Ist Angriff nicht die beste Taktik. Das ist vermutlich ein Treffpunkt, die ganzen aufgemotzten Autos passen nicht zum Rest der Nachbarschaft.«

Mark ließ das Fenster runter. »Sind das Hunde?«, fragte er.

Deutlich war heiseres Bellen zu hören.

Der Drang, aus dem Wagen zu springen und Lisa zu Hilfe zu eilen, war beinahe überwältigend. Sie hat eine Waffe, versuchte er, sich zu beruhigen. Und ihre Kollegen auch. Sollten die Hunde sie anfallen, konnten sie sich wehren. Er biss die Zähne aufeinander. Aber was, wenn die Hausbewohner auch bewaffnet waren? Das schienen keine Leichtgewichte zu sein. Er fasste erneut an den Türgriff.

»Bleib hier!«, warnte Michael. »Wir warten ab.«

Mark verschränkte die Arme vor der Brust, um sich von einer Dummheit abzuhalten. Lisa war zäh. Es war ihr Job, mit solchen Typen klarzukommen. Er musste aufhören, sie als zartes Pflänzchen zu sehen. Sie war nicht wie Julia, seine Verflossene. Lisa war eine Powerfrau, die auch mit Schlägern fertig wurde. Solange sie keine Granaten warfen …

Das Bellen verstummte.

Während Mark ungeduldig darauf wartete, dass Lisa wieder auftauchte, fragte er sich, was passieren würde, wenn sie wüsste, dass er vor dem Haus stand. Vermutlich würde sie einen Wutanfall kriegen und ihm in den Arsch treten. Trotz der Sorgen, die er sich machte, huschte ein Lächeln über sein Gesicht.

*

»Was wollt ihr hier, ihr Scheißbullen?«, knurrte ein muskelbepackter Hüne, der zwei riesige Rottweiler am Halsband festhielt.

Die Hunde fletschten die Zähne und knurrten Lisa drohend an.

»Sperren Sie die Hunde weg!« Jonas zog die Waffe und richtete sie auf die Tiere.

»Knallt ihr sie sonst ab, oder was?«

»Wenn sie uns angreifen, schießen wir«, gab Lisa ruhig zurück.

»Scheiße, Mann! Ihr habt kein Recht, hier aufzukreuzen und mich in meinem Haus zu bedrohen!«, blaffte der Mann. Die Adern an seinem Hals traten deutlich sichtbar hervor.

Vermutlich zu viele Steroide, dachte Lisa, die sich nicht anmerken ließ, dass die verdammten Viecher ihr Angst machten.

»Habt ihr einen Durchsuchungsbefehl?«

»Beschluss«, brummte Jonas. »Nein, wir haben keinen Durchsuchungsbeschluss. Wir haben nur ein paar Fragen an Ari Toprak. Sind Sie das?«

»Und wenn schon?«

Einer der Hunde versuchte, sich loszumachen.

Lisa hob die Waffe. »Sperren Sie die Hunde weg.«

»Du hast mir gar nichts zu sagen, du Fotze!«

»Wenn Sie sich nicht sofort ausweisen, nehmen wir Sie wegen Beamtenbeleidigung fest«, sagte Lisa.

Einen Augenblick lang sah es so aus, als ob Ari Toprak die Hunde loslassen wollte. Doch dann besann er sich eines Besseren. Er brüllte etwas in einer anderen Sprache, woraufhin ein bärtiger junger Mann auftauchte. Dem übergab er die Hunde. »Was wollt ihr?«, fragte er mit einem Blick, der einschüchtern sollte. Die Waffen schienen ihn nicht im Geringsten zu beeindrucken.

Lisa steckte ihre Pistole zurück ins Halfter. »Sind Sie der Bruder von Ahu Altas?«

Eine steile Falte grub sich zwischen Aris Brauen. »Warum?«

»Bitte beantworten Sie die Frage.«

Er nickte. »Sie ist meine Halbschwester.«

»Zeigen Sie uns bitte Ihren Ausweis«, forderte Jonas.

»Wieso? Was habe ich mit ihr zu tun? Nur weil meine Mutter eine Schlampe war …«

»Kommen Sie bitte mit zur Vernehmung«, sagte Lisa.

»Einen Scheiß tue ich!« Ari Toprak ballte die Fäuste. »Verpisst euch, ihr Faschisten!«

»Das reicht!«

»Ihr habt mir gar nichts zu sagen!« Ari Toprak holte aus und schlug nach Lisa, die im letzten Augenblick auswich.

Ehe er die Tür zuknallen konnte, überwältigten ihn Jonas und die beiden Streifenbeamten und legten ihm Handschellen an.

»Ich ficke euch!«, tobte er. »Ihr Wichser!«

»Tststs.« Lisa schüttelte den Kopf. »Keine Kinderstube.«

Aus dem Haus erklangen wütende Stimmen.

Lisa zog erneut ihre Waffe, als Toprak etwas brüllte, von dem sie nur Ahus Namen verstand.

Die Stimmen im Haus verstummten.

Obwohl er sich immer noch heftig wehrte, zogen die Uniformierten den Hünen auf die Beine und brachten ihn zum Streifenwagen.

»Bringt ihn zur Hahma«, bat Lisa.

Die Beamten nickten.

»Das ist ja ein Herzchen«, kommentierte Jonas trocken.

»Kein Wunder, dass Ahus Freundinnen Angst vor dem haben. Wenn der austickt …«

»Glaubst du, *er* hat seine Schwester erschossen?«, wollte Jonas wissen.

Lisa zuckte die Achseln. »Keine Ahnung. Dem traue ich alles zu.« Sie holte ihr Handy aus der Tasche und machte ein Foto von dem Totenschädel an der Garage. Dann fuhren sie zurück zur Dienststelle, wo sie Ari Toprak von den Streifenbeamten übernahmen. Sie brachten ihn in ein Vernehmungszimmer, in dem Lisa ihn mit Jonas allein ließ, um eine Schreibkraft zu holen.

»Sagen Sie uns Ihren Namen, Ihren Geburtstag und Ihren Beruf fürs Protokoll«, forderte Jonas ihn auf, als Lisa zurück war.

»Wieso? Ihr Nazis sperrt mich doch sowieso ein!«

Lisa verdrehte die Augen. »Haben Sie einen Ausweis dabei?«

Widerwillig griff Ari mit den gefesselten Händen in die Tasche und zog seine Brieftasche hervor. Den Ausweis warf er auf den Tisch.

»Ich nehme an, Sie wissen, dass Ihre Schwester erschossen worden ist«, sagte Lisa.

»Halbschwester«, brummte Ari.

»Sie scheinen nicht besonders traurig darüber zu sein.«

Er verzog keine Miene.

Lisa hatte Mühe, ihren Ekel zu verbergen.

»Wo waren Sie am …?« Jonas sah in seine Notizen und nannte die Daten, an denen Alex Riedmaier und Ahu Altas getötet worden waren.

Ari grinste. Er lehnte sich in seinem Stuhl zurück und bedachte Lisa mit einem verächtlichen Blick. »Da war ich bei mir zu Hause. Mit zwanzig Zeugen.«

KAPITEL 32

Stuttgart, September 2017

»Was jetzt?«, fragte Michael, nachdem Lisa und ihre Kollegen mit dem Muskelberg verschwunden waren. »Wenn ich mir den Club so ansehe, sollten wir uns vielleicht lieber nicht einmischen. Ich bin mir nicht sicher, ob die Granate was mit uns zu tun hatte oder ob die nicht vielleicht eher einen heiligen Krieg anzetteln wollen.«

Mark schürzte die Lippen. »Du glaubst, einer von denen sollte sich bei uns einschleichen, um die Sicherheit auf dem Wasen auszukundschaften?«

Michael zuckte die Achseln. »Eine andere Erklärung fällt mir nicht ein. Für eine Racheaktion halte ich es inzwischen jedenfalls nicht mehr.«

»Aber warum ziehen sie dann schon vor der Eröffnung die Aufmerksamkeit auf sich? Da waren doch kaum Leute.«

»Keine Ahnung, wie die ticken. Vielleicht war es eine Art Probelauf.«

Mark dachte an die Wanzen in seinem Wagen und seinem Haus. War es möglich, dass diese Kerle dahintersteckten? Er verwarf den Gedanken, da die Abhörgeräte angebracht worden sein mussten, *bevor* er Michaels Angebot angenommen hatte.

»Du solltest der Polizei sagen, was du weißt«, sagte Michael. »Vielleicht hilft ihnen die Information dabei, das ganze Nest auszuheben.« Er atmete schwer ein und aus. »Wenn das Fanatiker sind, will ich mir gar nicht ausmalen, wozu die fähig sind.«

Mark schnitt eine Grimasse. Er wusste genau, was Lisa ihm antworten würde. »Ohne Beweise kann die Polizei nichts unternehmen«, gab er zurück.

Michael legte die Hände ans Lenkrad und trommelte darauf herum. »Versuch es. Eine andere Möglichkeit sehe ich nicht. Wir können wohl kaum einen von denen aus dem Verkehr ziehen, um ihn selber zu verhören.«

»Warum nicht?«, brummte Mark. »Dann würden wir wenigstens was erfahren.«

Michael sah ihn mit hochgezogenen Brauen an. »Du weißt schon, dass wir hier nicht im Wilden Westen sind, oder?«

»Was willst du sonst tun?«, konterte Mark. »Abwarten, bis die eine Bombe zünden?« Er verschränkte ärgerlich die Arme vor der Brust. »Was hättet ihr beim MAD denn in so einem Fall gemacht?«

»Das Haus abgehört«, war die prompte Antwort.

Mark lachte freudlos. »Kommt mir irgendwie bekannt vor«, murmelte er.

»Wie meinst du das?«

»Nicht so wichtig.« Mark ließ den Blick über das

Grundstück schweifen. »Der Zugang ist nicht schwer. Vermutlich kommt man durch die Kellertür leicht ins Haus.«

»Was hast du vor?«

»Was wohl?«

»Das ist keine gute Idee«, warnte Michael. »Du solltest lieber mit der Polizei reden.«

»Und was soll ich denen sagen?«, schoss Mark zurück. »Das Kennzeichen konnte ich nicht sehen und es gibt sicher Hunderte graue Mustangs in Stuttgart. Das Gesicht von dem Kerl hab ich nicht erkannt.«

»Wir können nicht einfach aufgrund einer Vermutung in ein Haus einbrechen!«

Mark verzog das Gesicht. »Tu, was du willst. Ich werde jedenfalls nicht abwarten, bis was Schlimmeres passiert. Wer übernimmt jetzt die Sicherheit auf dem Wasen?«

»Das weiß ich nicht.«

»Was, wenn das Ziel war, uns den Auftrag zu entziehen, damit die ihre eigenen Leute einschleusen können? Oder vielleicht hoffen sie auch, dass jetzt so viel Chaos herrscht, dass Fehler gemacht werden.«

Michael stöhnte.

»Komm schon! Ich brauche dich dafür.«

»Und wenn man uns erwischt?«

»Sehen wir, ob unsere Vermutung richtig war«, gab Mark trocken zurück. »Ich nehme an, die werden nicht den Notruf wählen.«

Michael dachte eine Zeit lang nach, ehe er sich prustend durchs Haar fuhr. »Also gut. Auch wenn es Wahnsinn ist, ich will auch nicht, dass die einen Anschlag verüben.« Er ließ den Wagen an. »Ich brauche aber ein paar Stunden, um alles Nötige zu beschaffen.«

»Soll ich dir Hilfe besorgen? Ich kenne da jemanden …«

Michael schüttelte den Kopf. »Je weniger Leute in die Sache verwickelt sind, desto besser.« Nach einem letzten Blick auf das Haus fuhr er los.

*

Lisa hätte sich vor Frust am liebsten die Haare gerauft. Das selbstzufriedene Grinsen von Ari Toprak war wie ein rotes Tuch für sie, weshalb sie aufstand und den Raum verließ, um sich von etwas Unbedachtem abzuhalten. Für den Angriff auf sie würde er vermutlich mit einer Geldstrafe davonkommen. Und wenn es stimmte, was er behauptete, hatten sie keine Chance, ihn für den Mord an Alex Riedmaier oder Ahu Altas dranzukriegen. Es war wie verhext! Ihr Bauch sagte ihr, dass sie den Richtigen hatten. Aber ihr Bauch konnte weder ihren Chef noch einen Richter überzeugen. Sie lehnte sich mit dem Rücken gegen die Wand und versuchte, sich ein bisschen zu beruhigen. Das Foto von dem Totenschädel mit den arabisch aussehenden Schriftzeichen hatte sie weitergeleitet. Vielleicht war Toprak ein Fanatiker, jemand, der für seine Ziele alles tun würde. Das Plakat in Ahus Wohnung fiel ihr wieder ein. War er ein Befürworter des türkischen Präsidenten, obwohl auch er Kurde zu sein schien? Oder suchten sie an der falschen Stelle? Lag seinem Verhalten vielleicht nur Trotz zugrunde, der darauf fußte, dass er sich als Opfer einer Gesellschaft fühlte, die ihn ausgrenzte?

Viel zu viele Fragen.

Vielleicht steckte auch etwas ganz anderes hinter dem Tod der beiden jungen Leute und Ari Toprak war einfach nur ein Arschloch. Die Frage nach der Herkunft des Kokains war noch nicht geklärt. Drogen waren immer ein starkes Motiv. Lisa presste die Lippen aufeinander. Egal, wie gerne sie den Mistkerl hinter Gittern sehen wollte, ihnen blieb nichts anderes übrig, als ihn gehen zu lassen und sein Alibi zu überprüfen. Mit steinerner Miene ging sie zurück in den Raum.

Jonas warf ihr einen fragenden Blick zu.

»Sie können gehen«, sagte Lisa.

Ari Toprak grinste triumphierend.

»Wir werden Ihr Alibi überprüfen«, warnte Lisa. »Sagen Sie uns die Namen derjenigen, mit denen Sie zusammen waren.«

Jonas schloss die Handschellen auf. Dann druckte die Schreibkraft Aris Aussage aus und ließ ihn das Blatt Papier im Anschluss daran unterschreiben.

»Scheißtag für euch, was?«, höhnte Ari, als Jonas ihn zur Tür brachte. Er musterte Lisa provozierend von oben bis unten.

»Bring ihn raus!«, zischte sie. Sonst würde sie sich vielleicht doch noch gehenlassen und dem Widerling einen Tritt in die Familienjuwelen versetzen. Sie ging zum Fenster und starrte nach unten, bis sie Toprak vor dem Präsidium auftauchen sah. Hoffentlich wird er auf dem Heimweg von einem Bus überfahren, dachte sie. Allerdings würden sie dann vermutlich nie rausfinden, ob er etwas mit dem Tod der beiden Opfer zu tun gehabt hatte.

Den Rest des Tages verbrachten sie damit, die Kerle zu befragen, die Aris Alibi bestätigen konnten, und die Videoaufnahmen aus dem Krankenhaus noch einmal durchzusehen.

»Nichts. Nada. Null«, seufzte Lisa schließlich. »Ein paar von denen sind ähnlich gebaut, aber die Qualität ist einfach zu schlecht.« Sie warf einen Blick auf die Uhr. Halb sieben. Da sie Kopfweh und einen Bärenhunger hatte, beschloss sie, Feierabend zu machen. Die nächste SOKO-Besprechung stand erst morgen früh an und sie hoffte, dass die Kollegen bis dahin irgendetwas Brauchbares herausgefunden hatten. Nach der Befragung von Aris Kumpeln war Lisa sich noch sicherer, dass er Dreck am Stecken hatte. Die Kerle waren so glaubwürdig wie Baron Münchhausen, außerdem waren sie ihr gegenüber sehr aggressiv aufgetreten. Aber zu beweisen, dass sie logen, war vermutlich unmöglich.

Sie fuhr ihren Rechner herunter und packte ihre Sachen. »Ich mache Schluss.«

Jonas lehnte sich zurück und gähnte. »Gute Idee. Ich hab auch schon ganz viereckige Augen.«

»Komm schon.« Lisa wartete, bis auch er seine Jacke angezogen hatte, dann gingen sie gemeinsam zum Drehkreuz.

Fünf Minuten später stand sie unter der heißen Dusche und versuchte, das schmutzige Gefühl abzuwaschen, das der Tag ihr beschert hatte.

KAPITEL 33

Stuttgart, September 2017

Als Marks Telefon klingelte, zuckte er schuldbewusst zusammen. Ein Blick auf die Uhr verriet ihm, dass es kurz vor 7 war.

»Du denkst hoffentlich nicht daran, zu kneifen«, sagte Lisa ohne Begrüßung, als er abnahm. »Ich mache mich gleich auf den Weg in die Stadt. Soll ich dich abholen?«

Mark zog die Luft durch die Zähne. Shit! Das Essen hatte er ganz vergessen. »Hör zu, …«, hob er an.

»Wenn du mir mit einer Ausrede kommen willst, versuch es erst gar nicht«, unterbrach Lisa ihn. »Ich hatte einen echt beschissenen Tag.«

»Ich hab hier noch zu tun«, versuchte Mark, sich rauszureden.

»Dann mach es fertig. Ich bin in einer Viertelstunde da.«

»Nein, warte!« Auf keinen Fall wollte er, dass Lisa ihn im Büro besuchte und sah, was Michael inzwischen auf seinem Schreibtisch aufgebaut hatte. Er war den halben Nachmittag beim Einkaufen gewesen und fummelte seit über einer Stunde an winzigen Geräten herum. »Ich nehme den Dienstwagen. Treffen wir uns beim Italiener?«

»Ich habe den Tisch auf halb acht bestellt«, brummte Lisa. »Ich will nicht alleine rumsitzen und mich blöd angucken lassen.«

»Ich bin pünktlich«, versprach Mark. Die Verabredung platzen zu lassen, würde Lisa noch misstrauischer machen. Außerdem bot der Abend vielleicht eine Gelegenheit, herauszufinden, was sie in dem Haus zu suchen gehabt hatte, in dem der Kerl mit dem Mustang verschwunden war.

Er ging in Michaels Büro. »Wann willst du los?«

»Nicht vor Mitternacht«, war die genuschelte Antwort, weil Michael einen Schraubenzieher im Mund hatte.

»Ich habe noch eine Verabredung«, informierte Mark ihn. »Brauchst du Hilfe?«

Michael grunzte und schüttelte den Kopf.

»Dann bis später.« Mark ging in seine Wohnung, legte seine Waffe in eine Nachttischschublade und zog sich Jeans und ein Poloshirt an. Dann machte er sich auf den Weg in die Innenstadt, wo er wenig später einen Parkplatz in der Nähe des Schlossplatzes ergatterte. Pünktlich zum Glockenschlag betrat er das Restaurant, in dem Lisa bereits auf ihn wartete.

»Also?«, fragte sie, kaum dass er sich gesetzt hatte.

»Also was?«

»Stell dich nicht dumm! Ich will, dass du mir endlich die Wahrheit sagst.«

»Wie kommst du darauf, dass ich dich belüge?«, fragte er so unschuldig er konnte. Allerdings zeigten die Worte nicht den gewünschten Erfolg.

Lisa stemmte die Ellenbogen auf den Tisch und streckte den Kopf vor wie ein angriffslustiger Pitbull. »Ich kenne dich besser, als du denkst. Und ich weiß, dass du mir etwas verheimlichst.«

Mark hatte Mühe, dem bohrenden Blick standzuhalten. Sie war eine Ermittlerin, kein Blödchen. Die besten Lügen waren die, die ein Fünkchen Wahrheit enthielten. »Sollen wir nicht erst mal was bestellen?«, fragte er.

»Lenk nicht ab!«

Trotzdem nutzte Mark die Zeit, die der Kellner brauchte, um ihre Bestellung aufzunehmen, um sich eine Geschichte auszudenken, die sie befriedigen würde. Der Mustang fiel ihm ein. Damit konnte er zwei Fliegen mit einer Klappe schlagen, weil er vielleicht herausfand, was sie und ihre Kollegen von dem Muskelprotz gewollt hatten.

Nachdem die Bedienung zwei Salate vor ihnen auf den Tisch gestellt hatte, stocherte er lustlos mit der Gabel in dem Grünzeug herum.

»Spuckst du es jetzt endlich aus?«

Obwohl Mark sie nicht belügen wollte, gab es keinen anderen Weg. »Es ist wegen der Granate«, sagte er schließlich.

»Die auf dem Wasen?«

»Von einer anderen weiß ich nichts«, scherzte er lahm.

»Weißt du doch, wer sie geworfen hat?« Es klang scharf.

Mark schüttelte den Kopf. »Aber wir haben einen Verdacht.«

»Wer ist ›wir‹?«

»Mein Partner und ich.« Mark erzählte ihr von dem abgelehnten Bewerber mit dem Mustang. »Als wir ihn heute besuchen wollten, um uns mit ihm zu unterhalten …«

»Du hättest sofort die Kollegen vom Staatsschutz anrufen sollen!«, unterbrach Lisa ihn.

»Wir waren nicht sicher«, verteidigte Mark sich. »Es gibt Hunderte graue Mustangs.«

Lisa sah ihn grimmig an. »Wie sieht er denn aus?«

Mark beschrieb den Mann und nannte seinen Namen. »Er ist Türke.«

Lisa runzelte die Stirn. »Seltsam«, murmelte sie.

»Was?«

»Wir hatten heute mit einem Kurden zu tun.« Sie erzählte Mark von dem Gebäude mit dem Totenschädel an der Garage. »Da waren auch arabische Schriftzeichen.«

»Habt ihr die schon übersetzen lassen?«, wollte Mark wissen.

Lisa ließ die Gabel sinken, auf die sie eine Peperoni aufgespießt hatte. »Noch nicht.«

»Was wolltet ihr denn da?«

Lisa schob sich ein Stück Tomate in den Mund und kaute darauf herum. Sie schien mit sich zu ringen, ob sie auf seine Frage antworten sollte oder nicht. Schließlich entschied sie sich. Mit einem Blick, der einen unsichereren Menschen das Fürchten gelehrt hätte, sagte sie: »Wir sind einer Spur gefolgt.«

»In eurem Fall?«

Lisa nickte.

»Und? Habt ihr was Brauchbares erfahren?«

Lisa schüttelte den Kopf. »Der Hausbesitzer ist der Halbbruder eines unserer Opfer. Aber er hat ein Alibi.«

»Ein glaubhaftes?«

Lisa schnaubte. »Seine Kumpels behaupten alle, dass sie mit ihm zusammen waren. Die würden vermutlich auch schwören, dass er ein Heiliger ist.«

Als das Essen kam, schwiegen sie eine Weile. Dann sagte Lisa: »Du rufst morgen früh die Kollegen vom Staatsschutz an und sagst ihnen das, was du mir gesagt hast. Verstanden?«

Mark nickte und tat zerknirscht. Er war erleichtert, dass es ihm gelungen zu sein schien, ihr Misstrauen zu zerstreuen. Nachdem sie auch ihren Nachtisch verputzt hatten, sah er auf die Uhr.

»Hast du noch was vor?«

»Ich muss noch mal ins Büro«, erwiderte Mark. »Sorry.«

Lisa winkte ab. »Ich bin ohnehin hundemüde.« Sie fasste ihn forschend ins Auge. »Ich bin froh, dass du mir die Wahrheit gesagt hast.«

»Ich auch.« Mark hoffte, dass sie ihm das schlechte Gewissen nicht ansehen konnte.

KAPITEL 34

Stuttgart, September 2017

Es war kurz vor Mitternacht, als Mark und Michael ihre Sachen packten und in einen der Dienstwagen stiegen, dessen Nummernschild Michael mit Dreck aus einem Blumenbeet unleserlich machte. Dass sie um diese Uhrzeit einer Streife begegneten, war unwahrscheinlich. Überwachungskameras gab es hingegen überall.

Mark hatte sowohl seine Glock als auch seine 22er dabei, die er beide verdeckt trug. »Bist du bewaffnet?«, fragte er Michael.

Der nickte. »Wenn wir nicht rausfinden, wer hinter dem Granatenwurf steckt, kann ich das Geschäft sowieso dichtmachen. Und sollte man uns bei einem Einbruch erwischen …« Er brauchte nicht weiterzureden.

Sie steckten beide in dunklen Klamotten, trugen Handschuhe, Wollmützen und hatten zwei Nachtsichtgeräte mit Kopfhalterung dabei. Michaels Tasche war vollgestopft mit Einbruchswerkzeug und technischem Gerät, mit dem er das Gebäude verwanzen wollte.

»Da standen ziemlich viele Autos vor dem Haus«, sagte Mark.

»Glaubst du, die wohnen alle dort?«

»Damit müssen wir rechnen.«

»Ich denke, das ist ihr Treffpunkt«, gab Michael zurück. »Auf alle Fälle sollten wir zusehen, dass wir die Hunde so schnell wie möglich ausschalten. Wegen der Viecher mache ich mir viel mehr Sorgen.«

Mark hob ein Elektroschockgerät und ein Pfefferspray in die Höhe. »Keine Angst, die setzen wir ganz schnell außer Gefecht, wenn deine präparierten Würstchen nicht helfen.«

»Wenn sie nicht vorher das ganze Haus aufwecken«, brummte Michael.

»Dann hauen wir eben wieder ab.«

Zu Marks Erleichterung war von den vielen Autos vor dem Haus weit und breit nichts zu sehen, als sie wenig später die Straße entlangfuhren. Lediglich ein paar Familienvans mit Anwohnerausweis standen auf den eingezeichneten Parkplätzen.

»Sieht gut aus«, bemerkte er.

»Hoffen wir das Beste.« Michael schulterte seinen Rucksack und nahm das Nachtsichtgerät in die Hand. Durch die Laternen war es auf der Straße zu hell, aber im Garten würden sie dankbar sein dafür.

Nachdem sie sich umgesehen hatten, gingen sie so ruhig wie möglich zu dem vergammelten Gartentürchen des Grundstücks und betraten das Gelände. Vermutlich waren die Nachbarn allerhand gewohnt und machten es wie die drei Affen: nichts hören, nichts sehen, nichts sagen.

Mark setzte das Nachtsichtgerät auf. Augenblicklich erschien alles in einem gespenstischen grünen Licht. Deutlich konnte er einen Weg, das Haus, einen Schuppen und zahlreiche Sträucher erkennen. Im Haus brannte kein Licht.

»Da lang«, wisperte Michael und zeigte zur Rückseite des Hauses.

Mark folgte ihm. Während das Adrenalin dafür sorgte, dass sich all seine Sinne schärften, huschte er geduckt im Schatten zweier alter Bäume über den Rasen. Bei der Rückseite angekommen, hielten Michael und er inne, um in die Dunkelheit zu lauschen.

»Da drüben ist ein Zwinger«, flüsterte Mark.

Michael folgte seinem ausgestreckten Zeigefinger mit den Augen.

Undeutlich waren die Umrisse zweier liegender Hunde zu erkennen.

Michael griff in die Tasche und zog die Würste hervor, die er mit einem starken Schlafmittel präpariert hatte. Dann schlich er zum Zwinger. Als er sich auf einen Meter genähert hatte, kam Leben in die Rottweiler.

Einer der beiden Hunde sprang mit einem Knurren auf und fletschte die Zähne.

»Ganz ruhig«, raunte Michael. Er streckte die Hand mit dem Würstchen aus und schob es durch den groben Maschendrahtzaun.

Das Knurren wurde lauter.

Wenn das Vieh jetzt bellt, war's das, dachte Mark. Er griff nach dem Pfefferspray.

»Komm her«, lockte Michael. »Leckerli.«

Einen Augenblick lang sah es so aus, als ob der Rottweiler am Zaun hochspringen wollte, doch dann schien er die Wurst zu wittern. Misstrauisch trottete er näher und schnupperte.

»Friss!« Michael warf das Würstchen in den Zwinger.

Als der Wachhund sich darüber hermachte, kam auch der zweite Rottweiler auf die Beine.

Michael warf auch ihm einen Köder vor die Schnauze.

»Wie lange dauert es, bis sie k. o. sind?«, fragte Mark.

»Höchstens zwei Minuten.«

Tatsächlich knickten den Hunden nach 80 Sekunden die Vorderläufe ein und sie sanken mit einem Jaulen zu Boden.

»Die sollten eine Weile Ruhe geben.« Michael kehrte dem Zwinger den Rücken und rannte auf etwas zu, was im grünen Licht des Nachtsichtgerätes wie eine Kellertreppe aussah.

Tatsächlich standen sie kurz darauf vor einem Treppenaufgang, der zu einer Metalltür führte.

»Halt mir den Rücken frei«, flüsterte Michael, holte einen Bund Dietriche hervor und fing an, damit im Schloss herumzustochern. Es dauerte nicht lange, bis ein leises »Klick« verriet, dass er Erfolg gehabt hatte.

Mark zog seine Glock.

Michael tat es ihm gleich.

Die Waffen im Anschlag, betraten sie einen Kellerraum, in dem haufenweise Krempel herumlag. Sie durchquerten den Raum und standen wenig später in einem zweiten Raum, der von einem riesigen Heizöltank beherrscht wurde.

»Da drüben«, wisperte Mark. Er zeigte auf eine Treppe, über die man ins Erdgeschoss gelangte.

Obwohl sie sich anstrengten, kein Geräusch zu verursachen, erschien Mark sein eigener Atem viel zu laut. Er wusste, dass er Opfer einer Täuschung war, dennoch zwang er sich dazu, langsamer und gleichmäßiger zu atmen.

Am Treppenabsatz drückte Michael die Klinke der Tür, die sich als unverschlossen erwies. Dahinter lag ein Flur, von dem vier Türen abgingen. An einer der Wände hing eine Fahne mit demselben Totenkopf, den sie bereits an der Garage gesehen hatten.

Michael öffnete seine Tasche und holte ein paar der Abhörgeräte hervor. Er drückte Mark ein halbes Dutzend davon in die Hand. »Wir teilen uns auf«, zischte er.

Mark nickte. Er zeigte nach rechts.

Michael hob den Daumen. Dann zog er nach links davon und öffnete eine der Türen.

Das erste Zimmer, das Mark erreichte, maß etwa 30 Quadratmeter. Es besaß eine Fensterfront und eine Terrassentür, die in den Garten führte. An einer der Wände war ebenfalls ein Banner mit dem Totenkopf befestigt worden, darunter hingen ein paar alte Schwerter oder Säbel. Außerdem erkannte Mark zahlreiche Sessel, Stühle und einen runden Tisch. Mehrere Getränkekästen standen in einer Ecke. Es roch nach kaltem Rauch und etwas, was Mark für Gras hielt. Als er sich weiter umsah, entdeckte er einige Wasserpfeifen. Da es sich um eine Art Versammlungsraum zu handeln schien, klebte er eine Wanze unter den Tisch und eine hinter den riesigen Flachbildfernseher gegenüber.

Als er fertig war, ging er zu einer Verbindungstür, die in den angrenzenden Raum zu führen schien. Als er die Klinke drückte, stellte er fest, dass sie verschlossen war. Da auch er ein paar Dietriche eingesteckt hatte, ließ er sich davon jedoch nicht aufhalten. Geschickt schob er die Stifte im Zylinder zur Seite, bis das Schloss nachgab. Was er sah, als er die Tür öffnete, ließ ihn die Stirn runzeln. Der Raum war vollgestellt mit Kisten, die Fenster mit schwarzer Folie beklebt. Ein unverkennbarer Geruch hing in der Luft.

Ohne lange zu überlegen, ging Mark zu der ersten Kiste, deren Aufschrift behauptete, dass sich Orangen in ihr befänden. Sie war mit Nägeln verschlossen. Er zog das Multitool, das er immer dabeihatte, aus der Tasche und lockerte die Nägel. Dann hob er den Deckel. »Ach du Scheiße!«

KAPITEL 35

Stuttgart, September 2017

Als Mark plötzlich hinter ihm auftauchte, wirbelte Michael herum und brachte seine Waffe in Anschlag.

Mark hob die Hände. »Ich bin's«, flüsterte er.

»Bist du irre? Ich hätte dich erschießen können!«

»Komm mit«, gab Mark zurück. »Ich hab was entdeckt, was du dir ansehen musst.«

Michael steckte seine Pistole zurück ins Holster und folgte Mark in den Raum mit den Kisten. »Das gibt's doch nicht!«, zischte er, als Mark den Deckel hob, den er gelockert hatte.

In der Kiste lagen Dutzende von Handfeuerwaffen und Gewehren, außerdem einige Handgranaten.

»Scheiße! Wollen die einen Krieg anfangen?« Michael holte eine der Waffen aus der Kiste, um ihre Echtheit zu überprüfen.

»Da haben wir wohl ins Schwarze getroffen«, witzelte Mark. »Was sollen wir jetzt tun? Davon muss die Polizei unbedingt erfahren. Wir haben keine Ahnung, was die vorhaben.«

Michael fackelte nicht lange und klebte eine Wanze unters Fensterbrett. »Wir versuchen, mehr rauszufinden, dann geben wir der Polizei einen anonymen Tipp«, sagte er.

»Und wenn die Kriminaltechniker unsere Wanzen finden?«

»Sind sie nicht zu uns zurückzuverfolgen.«

Mark verzog das Gesicht. »Klar«, murmelte er. Lukas hatte ihm zum Glück alles erklärt.

»Lass uns die restlichen Räume abklappern und dann nichts wie raus hier«, wisperte Michael. »Mal sehen, was wir noch finden.«

Außer einem Haufen dreckiger Klamotten und mehreren Fahnen mit dem Totenkopf war allerdings nicht mehr viel Interessantes in dem Haus. Da sich im Obergeschoss vermutlich die Schlafzimmer befanden, verzichteten sie auf einen Besuch im ersten Stock und machten sich zurück auf den Weg nach draußen. Sobald sie die Kellertür hinter sich geschlossen hatten, rannten sie über den Rasen zum Gartentor.

Aus dem Zwinger kam leises Jaulen.

Zurück im Wagen, setzte Mark das Nachtsichtgerät ab und zog die Handschuhe aus. »Warte kurz«, sagte Michael. Er nahm eine Kamera vom Rücksitz und ging zur Garage.

»Was hast du fotografiert?«, fragte Mark, als er zurückkam.

»Die Schriftzeichen an der Garage«, erklärte Michael. »Ich kenne jemanden, der uns das übersetzen kann.«

»Heißt vermutlich ›Tod allen Ungläubigen‹ oder irgend so einen Scheiß«, brummte Mark.

»Keine voreiligen Schlüsse ziehen«, warnte Michael. »Ich bin mir nicht sicher, ob das Islamisten sind.«

»Was denn sonst? Wozu brauchen die all die Waffen, wenn sie nicht vorhaben, einen Anschlag zu verüben?«

»Das wird sich rausstellen.« Michael ließ den Motor an. »Jetzt sollten wir erst mal ein paar Stunden schlafen.«

Am nächsten Morgen wachte Mark mit etwas auf, was sich anfühlte wie ein Kater. Da er keinen Alkohol getrunken hatte, konnte es nur das Adrenalin sein, das ihm den Kopf schwer und den Mund trocken machte. Er wusste, dass es nur eine Abhilfe dafür gab. Deshalb zog er sich Sportsachen an und ging eine Stunde joggen. Danach fühlte er sich besser. Mit einem Becher Kaffee in der Hand ging er ins Büro, in dem Michael bereits mit Kopfhörern vor seinem Rechner saß.

Fiona schien an diesem Tag frei zu haben.

»Und? Schon was gehört?«, wollte Mark wissen. Er setzte sich auf Michaels Schreibtisch.

»Das scheinen Langschläfer zu sein«, brummte Michael.

»Soll ich auch …?« Mark zeigte auf die Kopfhörer.

»Wäre nicht schlecht. Aber vergiss nicht, alles aufzunehmen.« Er erklärte Mark an dessen Computer, wie die Software funktionierte. Dann ging er zurück zu seinem Schreibtisch.

Mark steckte sich die Stöpsel, die Michael ihm gegeben hatte, in die Ohren und lehnte sich in seinem Stuhl zurück. Nach der Aufregung der Nacht würde der Tag vermutlich nicht besonders actionreich werden.

*

Obwohl Lisa gut geschlafen hatte, verspürte sie an diesem Morgen ein schales Gefühl. Der Abend mit Mark war nett gewesen, aber auch nicht mehr. Plötzlich schien wieder eine Distanz zwischen ihnen zu herrschen, die ihr nicht gefiel. Auch wenn sie sich darüber ärgerte, dass er ihr die Sache mit dem Mustang verschwiegen hatte, wunderte es sie nicht. Er war ein Dickschädel. Und genau deshalb fand sie ihn anziehend. Sie hoffte nur, dass er die Kollegen vom Staatsschutz informierte. Vielleicht half sein Hinweis ihnen dabei, den Täter zu finden. Und bei einem Irren, der Handgranaten in Festzelte warf, zählte jede Sekunde.

»Lisa. Hallo, träumst du?«, riss Jonas sie aus den Gedanken. Er stand vor ihrem Schreibtisch und zeigte auf die Uhr. »SOKO-Besprechung.«

Lisa kam auf die Beine. Mark Becker musste warten. Morgen war Freitag und am Wochenende würde sich die Distanz zwischen ihnen hoffentlich wieder verflüchtigen. Sie verkniff sich ein Grinsen, da Jonas sie ohnehin schon neugierig ansah.

»Gibt es etwas, das du mit mir teilen willst?«, fragte er.

»Du darfst zwar alles essen, aber nicht alles wissen«, schoss sie zurück.

Jonas lachte.

Zusammen mit ein paar Kriminaltechnikern machten sie sich auf den Weg zum SOKO-Raum.

»Es gibt einige interessante Neuigkeiten«, informierte sie Thomas Fuchs, sobald alle saßen. Er sah in seine Notizen. »Inzwischen ist die Übersetzung der Schriftzeichen unter dem Totenkopf da.«

Lisa sah ihn gespannt an.

»Es heißt ›Kampf‹«, sagte ihr Chef.

»Kampf?« Jonas runzelte die Stirn. »Gegen wen? Was sind das für Typen?«

»Ich habe bei den Kollegen von der Organisierten Kriminalität nachgefragt«, erwiderte der SOKO-Leiter. »Denen ist keine Gruppierung mit diesem Symbol bekannt.«

»Vielleicht sind das einfach nur ein paar Spinner, die einen auf Wilder Mann machen«, mutmaßte Lisa. »Das Alibi von Ari Toprak ist jedenfalls nicht zu knacken.«

»Außer wir finden Zeugen, die seine Kumpels zur fraglichen Zeit woanders gesehen haben«, widersprach Jonas.

»Dann versucht es«, sagte Lisas Chef.

»Einer der Typen auf den Überwachungsvideos vom Robert-Bosch-Krankenhaus könnte der Bruder von Hüda sein, einer der Freundinnen von Ahu Altas.«

»Könnte?«, hakte Thomas Fuchs nach.

»Die sehen alle gleich aus mit ihren aufgepumpten Muckis und ihren bescheuerten Vollbärten«, brummte Lisa.

»Außerdem ist die Bildqualität alles andere als toll«, sprang Jonas ihr bei. »Vor Gericht würde das jeder Verteidiger zerpflücken.«

»Wäre ja auch zu schön gewesen.« Thomas Fuchs klickte auf seinem Computer herum und warf eine chemische Analyse mit dem Beamer an die Wand. »Das kam vom KTI rein«, sagte er. »Das ›Koks‹, das ihr in Alex Riedmaiers Wohnung gefunden habt, war nichts weiter als Milchpulver.«

»Wozu hat jemand so viel Milchpulver im Haus?«, wunderte sich einer der anderen Ermittler.

»Vielleicht haben die beiden Drogen verkauft, die gar keine waren«, sagte Jonas. »Das würde den Kreis der Verdächtigen vermutlich ganz schön erweitern.«

»Der Fall scheint jedenfalls immer verzwickter zu werden«, brummte der SOKO-Leiter.

KAPITEL 36

Stuttgart, September 2017

»So geht das nicht«, stellte Mark gegen Mittag fest, als er und Michael mehrere Stunden Lauschangriff hinter sich hatten. »Die reden fast nur Türkisch.«

Michael verzog das Gesicht. »Ein bisschen verstehe ich, aber nicht viel.«

»Wir können wohl kaum jemanden bitten, uns das zu übersetzen.« Mark warf die Ohrstöpsel auf den Tisch und massierte sich den verspannten Nacken. Die Lauschaktion setzte ihm zu, da er immer noch nicht wusste, wer *ihn* abhörte. Mehr als einmal war er bereits versucht gewesen, Michael von den Wanzen in seinem Wagen und seinem Haus zu erzählen, doch im Moment hatten sie andere Probleme. »Ich bin dafür, der Polizei einen anonymen Tipp zu geben«, sagte er nach kurzem Überlegen. »Wer weiß, wofür die Waffen sind und wie lange die das Zeug noch im Haus haben.«

Michael nagte einige Zeit auf seiner Oberlippe herum, dann nickte er. »Wenn man die Kerle verhaftet, kriegen wir vielleicht den Wasen-Job wieder.«

»Weil sie dann den Täter haben?« Mark konnte sich nicht vorstellen, dass das etwas ändern würde. Denn dann würde ebenfalls ans Licht kommen, dass der Schuldige einer der Bewerber war, die von ihnen abgelehnt worden waren. Er fürchtete, dass damit eher das Gegenteil dessen erreicht wurde, was Michael hoffte. Dennoch wollte er dem Freund die Hoffnung nicht zunichtemachen.

»Ich rufe an«, sagte Michael schließlich. Er holte ein noch originalverpacktes Telefon aus einer Schublade und befreite es von dem Plastik.

»Wegwerfhandy?«, fragte Mark.

Michael nickte. »Sonst ist der Anruf ja nicht anonym. Hast du die Visitenkarte von den Staatsschützern noch?«

Mark kramte sie aus der Tasche und gab sie ihm.

Kurz darauf erklärte Michael den Beamten, was sie in dem Haus mit dem merkwürdigen Emblem an der Garage vorfinden würden. Als er offenbar dazu aufgefordert wurde, seinen Namen zu nennen, legte er auf.

»Meinst du, die beißen an?«, fragte Mark.

»Den Anruf zu ignorieren, können sie sich jedenfalls nicht leisten. Ich vermute, die planen jetzt eine Razzia.«

»Dann können wir nichts weiter tun, als abzuwarten.« Mark verschränkte die Arme vor der Brust. »Die Schießerei vor dem Hotel geht bestimmt auch auf deren Konto.«

»Vermutlich«, erwiderte Michael. »Aber sicher können wir erst sein, wenn die Waffen der Bande untersucht worden sind.«

Mark nickte. »Haben wir irgendeinen anderen Job?«

Michael verneinte. »Wegen des Wasens habe ich nichts mehr angenommen. Die Musikerinnen waren eine Ausnahme.« Er bedachte Mark mit einem bedauernden Blick. »Es tut mir echt leid, dass so was passieren musste. Wenn du willst, heben wir unseren Vertrag wieder auf. Das Gehalt für diesen Monat kriegst du selbstverständlich komplett ausgezahlt.«

Mark schüttelte den Kopf. Vielleicht konnte er die Zeit nutzen, um endlich herauszufinden, ob der MAD hinter ihm her war. Er beschloss, Michael doch einzuweihen. »Wenn wir nichts anderes zu tun haben, kannst du mir vielleicht bei einer Sache helfen«, sagte er.

Michael hob fragend die Brauen.

Mark berichtete ihm von den Wanzen in seinem Haus und seinem Auto und von dem »Besuch« des Kerls, auf den er geschossen hatte.

»Wieso hast du mir nicht schon früher davon erzählt?«, fragte Michael vorwurfsvoll.

»Weil …« Mark zuckte die Achseln. »Keine Ahnung. Ich dachte, ich werde damit alleine fertig. Aber wenn die vom MAD sind, lassen die sicher nicht so einfach locker.«

Michael legte die Stirn in Falten. »Das ist nicht gerade die typische Vorgehensweise«, sinnierte er.

Mark suchte in seinem Handy nach dem Bild, das Lukas ihm gemailt hatte. »Hast du den schon mal gesehen?«

Michael betrachtete das Foto, das Lukas' Überwachungskameras in Marks Haus gemacht hatten, und schüttelte den Kopf.

»Kennst du noch jemanden beim MAD?«, wollte Mark wissen.

»Klar. Aber die würden mir nie etwas über eine laufende Ermittlung sagen«, gab Michael zurück. »Hast du die Wanzen noch?«

»Ja. In Heidenheim bei einem Freund.«

»Wenn ich die hätte, könnte ich dir sagen, ob sie zur Standardausrüstung gehören.«

Mark warf einen Blick auf die Uhr. »Wenn ich gleich losfahre …«

»Ich bleibe hier und versuche rauszufinden, was die Schriftzeichen unter dem Totenschädel bedeuten«, sagte Michael.

»Alles klar.« Mark zog sein Handy aus der Tasche und rief Lukas an. »Bist du zu Hause?«, fragte er, als der Freund abnahm.

»Ja, wo sollte ich sonst sein«, war die verwunderte Antwort. »Hast du noch mehr Abhörzeug gefunden?«

»Nein. Ich brauche eine der Wanzen aus meinem Haus.«

»Die liegen hier.«

»Dann komme ich vorbei.« Mark legte auf, zog sich eine Jacke an und saß kurz darauf in Michaels Q7, weil der mehr PS hatte als sein Passat.

Anderthalb Stunden später parkte er vor Lukas' Haus.

»Gibt's eine Spur?«, fragte ihn der Freund aufgeregt, als er die Tür öffnete.

»Jein. Ich brauche eine der Wanzen.«

»Wozu? Man kann sie nicht zurückverfolgen.« Lukas

klang beleidigt. »Wenn jemand behauptet, er könnte das, bindet er dir einen Bären auf.«

»Darum geht's nicht.« Mark schloss die Tür und schob Lukas in die Küche, wo sie sich jeder eine Cola aus dem Kühlschrank holten. »Der ehemalige Kamerad, für den ich jetzt arbeite, war mal beim MAD«, sagte er.

Lukas riss die Augen auf.

»Er meinte, er erkennt, ob das Zeug von denen ist.«

»Krass!«, war alles, was Lukas dazu einfiel.

»War noch mal jemand in meinem Haus?«

Lukas schüttelte den Kopf. »Die hast du vertrieben.« Er trank seine Cola in drei langen Zügen aus und holte eine der Wanzen aus seinem Büro. »Und dein ehemaliger Kamerad denkt wirklich, dass ihm das Ding was sagt?« Er drehte den kleinen Kasten zwischen den Fingern hin und her.

Mark nahm ihm die Wanze aus der Hand und steckte sie in die Tasche. »Wir werden sehen.«

»Sagst du mir Bescheid, falls ihr was rausfindet?« Lukas' Augen leuchteten schon wieder, als ob er sich kein größeres Abenteuer vorstellen könnte.

Mark nickte. »Ich muss wieder zurück«, sagte er und stellte seine Flasche auf den Tisch. »Danke.« Bei der Tür angekommen, zögerte er kurz, ehe er sich noch mal zu Lukas umwandte. »Du schnüffelst nicht auf eigene Faust weiter, okay?«

Lukas bekam rote Ohren.

»Solange wir nicht wissen, wer hinter allem steckt …«

»Jaja.« Lukas winkte ab.

»Du weißt, was jaja heißt?«

Lukas grinste.

»Na toll«, brummte Mark. Er verließ das Haus, fuhr noch kurz bei sich vorbei, um frische Kleider zu holen, und machte sich dann auf den Rückweg nach Stuttgart.

KAPITEL 37

Stuttgart, September 2017

Der nächste Tag brachte für Lisa eine Überraschung nach der anderen. Nachdem sie am Morgen erfahren hatte, dass der Staatsschutz aufgrund eines anonymen Hinweises eine Razzia bei Ari Toprak gemacht hatte, überschlugen sich die Dinge zum Abend hin.

In der SOKO-Besprechung ließ Thomas Fuchs dann die Bombe platzen. »Gerade kam ein Bericht von der Ballistik rein«, verkündete er und projizierte drei Bilder an die Wand. »Das hier«, er zeigte auf das linke Bild, »ist das Projektil, das die Ärzte im RBK aus Alex Riedmaier rausgeholt haben.«

Deutlich waren die typischen Spuren zu sehen, die durch die Struktur eines Laufes auf der Oberfläche eines Projektils erzeugt wurden. Diese waren wie Fingerabdrücke, bei keinen zwei Waffen identisch.

Thomas Fuchs deutete auf das nächste Bild. »Das ist eine der Kugeln, die Beaker im Umfeld des Hotels beim Schlosspark gesichert hat. Ihr erinnert euch, die waren aus derselben Waffe.« Sein Laserpointer wanderte zum dritten

Bild. »Es wird noch besser«, sagte er. »Das ist von einer Kugel, die aus einer der Waffen abgefeuert wurde, die bei der Razzia in Ari Topraks Haus gefunden worden ist.«

Lisa schüttelte den Kopf. »Das gibt's doch nicht!«

»Doch«, entgegnete ihr Chef. »Da sind übrigens nicht nur ein paar Handfeuerwaffen gefunden worden. Die Bude war vollgestopft mit Gewehren, Pistolen und …« Er machte eine dramatische Pause.

»Sag schon!«

»Handgranaten.«

Ein Raunen ging durch den Raum.

»Wieder eine Verbindung zu Mark Becker«, stellte Jonas fest.

»Keiner von den Festgenommenen redet«, fuhr der SOKO-Leiter fort. »Aber die Kollegen vom Staatsschutz haben inzwischen einen Verdacht.« Die Bilder aus der Ballistik verschwanden und wurden durch das Emblem mit dem Totenkopf und den türkischen Schriftzeichen ersetzt. »Offenbar haben wir es hier mit einer brandneuen rockerähnlichen Vereinigung zu tun, die versuchen wollte, die Platzhirsche aus der Stadt zu vertreiben.«

»Deshalb die Granate?«, fragte Lisa ungläubig.

»Das gehört alles zusammen. Die anderen Gangs sind vor allem in der Türsteherszene, im Rotlichtmilieu und im Drogenhandel aktiv. Vermutlich sollte das eine Warnung sein, eine Art Kriegserklärung.«

»Genau wie die Schüsse auf die Musikerinnen?« Jonas klang skeptisch.

»Es macht Sinn, dass die sich Beckers Sicherheitsfirma

als Ziel ausgesucht haben«, sagte Lisa. »Wenn die alle anderen vom Markt vertreiben wollten …«

»Hm.« Jonas kratzte sich am Kinn. »Und Alex Riedmaier und Ahu Altas? Warum mussten die beiden sterben?«

»Anscheinend klopfen die Typen ziemlich üble Sprüche«, entgegnete der SOKO-Leiter. »Toprak beschimpft seine Schwester immer wieder als Schlampe und anscheinend haben sie ganz spezielle Vorstellungen, was Herkunft und Glauben angeht. Wer da nicht ins Bild passt, ist Dreck, Abschaum, den es zu bekämpfen gilt.«

»Wow!« Lisa holte tief Atem. »Deshalb ›Kampf‹.«

»Vielleicht hatten die vor, ein oder mehrere Attentate zu verüben und Ahu Altas und Alex Riedmaier haben es rausgefunden«, mutmaßte Thomas Fuchs.

»Oder die beiden mussten sterben, weil sie eine Beziehung hatten«, murmelte Lisa. »Ein Ehrenmord. Deshalb keine Bilder oder irgendetwas in den sozialen Medien. Die haben ihre Liebe geheim gehalten!«

»Das Problem ist, dass es nur einen Treffer zu der 45er gibt, mit der Riedmaier erschossen worden ist«, fuhr Thomas Fuchs fort. »Die 22er, die beim Mord an Ahu Altas benutzt worden ist, scheint nicht aufgetaucht zu sein.«

»Die finden wir auch noch«, sagte Jonas.

»Für die Waffen und für versuchten Mord kriegen wir Toprak auf jeden Fall dran. Der geht für lange Zeit ins Gefängnis«, stellte Thomas Fuchs fest.

»Wurde zufällig auch ein Typ mit einem grauen Mustang verhaftet?«, fragte Lisa.

Ihr Chef blätterte seine Unterlagen durch. »Davon steht hier nichts. Wieso?«

Lisa erklärte es ihm.

»Das hat Becker sicher den Kollegen mitgeteilt«, gab Thomas Fuchs zurück.

»Versprochen hatte er es.«

»Dann sollte es nicht lange dauern, bis der auch in Stammheim sitzt.« Der SOKO-Leiter klappte den Aktendeckel wieder zu. »Es wird sicher noch eine Weile dauern, bis alle Fingerabdrücke aus Ari Topraks Haus ausgewertet sind. Bis dahin versuchen wir herauszufinden, wo die andere Tatwaffe ist. Die Sache mit seinem Alibi dürfte sich jetzt erledigt haben. Das glaubt kein Staatsanwalt mehr. Schließt euch mit den Kollegen kurz und tauscht alles Nötige aus. Dann sollten wir bald einen Haken hinter den Fall machen können.«

»Und das Milchpulver?«, fragte Lisa. »Das bereitet mir Kopfzerbrechen. Was wollte Riedmaier damit?«

»Vielleicht wollte er den Kerlen ihr Drogengeschäft kaputtmachen, indem er ihre Ware versaut«, mutmaßte Jonas. »Was anderes macht keinen Sinn.«

Lisa blies die Wangen auf. »Ich hoffe, der Scheißkerl kommt nie wieder frei!«

*

Am anderen Ende der Stadt betastete der Bullige vorsichtig die Wunde an seiner Seite und befreite sie von der Kompresse. Was er sah, gefiel ihm. Die Rötung war zurückgegangen und die Wundränder schienen gut zu verheilen. Nachdem ihm einer seiner Männer am Morgen gestanden hatte, wer hinter den Angriffen auf Mark Becker steckte, hatte er beschlossen, die Angelegenheit selbst in die Hand zu nehmen.

»Ich dachte, so müssten wir uns die Hände nicht schmutzig machen«, hatte der Mann gesagt.

»Deshalb hast du diesen Idioten gesagt, dass die Sicherheitsfirma, für die Becker arbeitet, ihnen Konkurrenz macht?«

»Ja. Die glauben doch alles.«

Der Bullige hatte sich nur mit Mühe davon abgehalten, den Mann zu erschießen. »Und was jetzt? Die Polizei hat bei denen alles auseinandergenommen. Was, wenn die reden?«

»Die wissen doch gar nichts. Der Auftrag von ihnen kam übers Darknet rein.«

»Aber sie kennen dein Gesicht.«

»Als das von einem angeblich ebenfalls abgelehnten Bewerber bei der Sicherheitsfirma. Die kommen nie drauf, dass ich zu euch gehöre.«

Noch immer fragte sich der Bullige, ob es klug war, den Mann am Leben gelassen zu haben. Da sie allerdings nicht mehr allzu viele waren, brauchte er ihn vermutlich noch. Nachdem er die Wunde wieder mit einem einfachen Pflaster beklebt hatte, beorderte er die anderen in sein Büro.

»Ich habe beschlossen, mich um Becker zu kümmern«, informierte er sie.

»Allein?«

Der Bullige legte zwei Akten auf den Tisch, die er zusammengestellt hatte. »Allein. Für euch habe ich neue Aufträge. Mit Becker werde ich fertig, morgen früh ist er nicht mehr am Leben.«

KAPITEL 38

Stuttgart, September 2017

Mark war froh, als er endlich wieder in Stuttgart war. Der Verkehr auf der A 8 schien immer schlimmer zu werden, und er hatte fast eine Stunde im Stau gestanden. Zurück in der Firma, übergab er Michael die Wanze.

Der musste nur einen kurzen Blick darauf werfen, ehe er sagte: »So was benutzt der MAD nicht.«

»Bist du sicher?«

Michael nickte. »Wer auch immer dich abhört, der Militärgeheimdienst ist es nicht.«

Mark nahm die Wanze wieder an sich und drehte sie hin und her, als ob er hoffte, einen Hinweis zu entdecken. »Hast du jemandem erzählt, dass ich bei dir einsteige?«, fragte er.

Michael schüttelte den Kopf.

»Verdammt!« Frustriert pfefferte Mark das kleine Kästchen in den Mülleimer.

»Es gibt auch gute Neuigkeiten«, sagte Michael mit einem Grinsen. »Die Polizei hat meinen ›anonymen‹ Anruf ernstgenommen und eine Razzia gemacht. Bei dem Geschrei sind mir fast die Ohren abgefallen.«

»Haben die unsere Wanzen gefunden?«

»Inzwischen vermutlich schon. Ich hab den Empfänger deaktiviert, um sicherzugehen.«

Mark überlegte einen Augenblick. »Ich will wissen, was die Polizei rausgefunden hat«, sagte er und holte sein Handy aus der Tasche.

Michael sah ihn fragend an.

»Eine gute Bekannte …«, erklärte Mark und wählte Lisas Nummer.

Michael verkniff sich ein Lächeln.

»Hallo, Lisa. Ich bin's.« Mark verließ das Büro, um in Ruhe mit ihr telefonieren zu können.

»So ein Zufall, ich wollte dich auch gerade anrufen.« Etwas an ihrem Ton ließ ihn aufhorchen.

»Ich dachte mir, weil ich nach unserem letzten Essen noch mal wegmusste …«

»Das dachte ich mir auch«, unterbrach sie ihn. »Heute ist Freitag, unser Fall so gut wie gelöst und ich könnte dringend ein bisschen Abwechslung gebrauchen. Hast du Lust, erst mit zum Krav Maga zu kommen und dann zum Mexikaner zu gehen?«

Mark überlegte nicht lange. »Klar, wieso nicht?«

»Dann treffen wir uns in einer halben Stunde in der ›Fitness Company‹ im Gebäude der Sparda Bank.« Sie beschrieb ihm den Weg, dann legte sie auf.

Michael grinste, als er zurück ins Büro kam. »Soso, eine alte Bekannte.«

Obwohl er immer noch nicht wusste, wer hinter ihm her war, spürte Mark Leichtigkeit in sich aufsteigen.

»Irgendwie muss ich mir diese verdammte Stadt ja versüßen«, witzelte er.

Auf die Minute genau eine halbe Stunde später betrat er das Fitnessstudio, in dem Lisa ihn bereits am Tresen erwartete.

»Das Training findet oben statt.« Sie nahm den Schlüssel für die Umkleide in Empfang. »Bin schon ganz gespannt, wie fit du bist.«

Als Mark kurz darauf den Trainingsraum betrat, dröhnte AC/DC aus den Lautsprechern. 10 Teilnehmer – allesamt Männer, außer Lisa – waren bereits beim Warm-Up. »Hopp, hopp, hopp!«, trieb die Trainerin die Gruppe an, die auf der Stelle trippelte. Während sie abwechselnd nach oben, unten oder nach vorne boxten, wurden sie immer schneller, bis Mark der Schweiß von der Stirn tropfte. Danach folgten Burpees – Liegestütze, nach denen man in die Luft sprang – Bauchaufzüge und Hampelmänner.

Als sie fertig waren mit dem Aufwärmen, wischten die Teilnehmer den Boden und versammelten sich um die Trainerin. Die erklärte, wie man den Angriff eines Gegners abwehren konnte, der einen von hinten würgen wollte.

Obwohl die Techniken für Mark nichts Neues waren, machte ihm das Workout Spaß. Nach eineinhalb Stunden war er angenehm erschöpft und hatte einen Bärenhunger.

»Beeil dich, ja?«, bat Lisa auf dem Weg zu den Umkleiden. Sie sah auf die Uhr. »Ich hab uns einen Tisch reserviert.«

So ausgepowert und verschwitzt sah sie zum Anbeißen aus, fand Mark. Wenn sein Magen nicht lautstark geknurrt hätte, hätte er vorgeschlagen, das Essen ausfallen zu lassen. Er sah ihr nach, als sie in der Umkleide verschwand, dann machte er sich auf den Weg zur Dusche.

Sie fuhren mit zwei Autos zum Mexikaner. Dort erwartete sie ein netter Tisch in einer Ecke, in der es angenehm schummrig war. Die ersten zehn Minuten verbrachten sie mit Smalltalk, ehe Lisa das Thema wechselte.

»Wie es aussieht, sind uns heute die Täter für einen oder beide unserer Fälle in den Schoß gefallen.«

»Ja?«

»Ja. Auf ganz seltsame Art und Weise.« Sie sah ihn forschend an.

Plötzlich fühlte er sich wie auf dünnem Eis, das jeden Moment einbrechen konnte. »Was für Fälle?«, fragte er und flüchtete sich in seinen alkoholfreien Cocktail.

»Die beiden Morde, an denen wir gearbeitet haben.« Sie nahm ebenfalls einen Schluck. »Dein Fall scheint übrigens auch gelöst zu sein.«

Mark zwang sich zu einem Pokerface. »Ihr habt den Kerl, der die Handgranate geworfen hat?«

»Noch nicht, aber wir fahnden nach ihm. Diejenigen, die auf euch geschossen haben, sitzen in unseren Gewahrsamszellen.«

»Wie habt ihr …?«

»Es gab einen anonymen Anruf bei den Kollegen vom Staatsschutz. Du weißt nicht zufällig was darüber?« Ihre Augen waren wie Suchscheinwerfer.

»Weshalb sollte *ich* etwas darüber wissen?«

»Weil ich es ein kleines bisschen merkwürdig finde, dass plötzlich anonyme Hinweise beim Staatsschutz eingehen.«

Mark hob abwehrend die Hand. »Ehrlich. Ich hab damit nichts zu tun«, log er. »Warum hatten die Typen es auf uns abgesehen?«, versuchte er, sie abzulenken.

»Offenbar waren die dabei, eine neue, rockerähnliche Vereinigung aufzubauen und alle Konkurrenten aus dem Feld zu schlagen.«

»Rocker?«

Lisa zuckte die Achseln. »Rockerähnlich. Die haben keine Clubs, keine Abzeichen, nicht dieselben Hierarchien wie die klassischen Rocker. Da geht es eher um ethnische Zugehörigkeit.«

»Der Bewerber mit dem Mustang war Türke«, stellte Mark fest.

»Vermutlich kurdischer Türke. Unser Verdächtiger ist Kurde.« Lisa wartete, bis der Kellner das Essen auf den Tisch gestellt hatte.

»Lass uns über was anderes reden«, bat Mark. »Sonst vergeht mir der Appetit.«

Lisa musterte ihn einige quälend lange Sekunden, dann sagte sie: »Meinetwegen. Aber wenn du mir immer noch etwas verschweigst …«

»Wie kann man nur so misstrauisch sein!« Mark machte sich über seine Tortillas her und die nächste Stunde unterhielten sie sich über alles Mögliche: über ihre Schulzeit, die Ausbildung bei der Polizei und der Bundeswehr, das

Krav Maga Training und ihre Lieblingsfilme. Schließlich ließ Lisa die Rechnung kommen und bezahlte. »Musst du heute auch noch weg?«, fragte sie mit einem schiefen Lächeln.

Mark schüttelte den Kopf.

»Na, dann fahr mir hinterher.«

Vor ihrem Wohnblock angekommen, rief Mark kurz bei Michael an, um ihn zu informieren. Dann holte er seine Waffe aus dem Handschuhfach und steckte sie in seine Sporttasche. Zwar wollte er nicht, dass Lisa die Pistole bemerkte, im Auto konnte er sie allerdings nicht lassen. Wenn jemand den Wagen aufbrach … Mit einem Kribbeln der Vorfreude ging er zur Haustür und folgte Lisa in ihre Wohnung.

KAPITEL 39

Stuttgart, September 2017

Als er von einem klirrenden Geräusch geweckt wurde, fuhr Mark aus dem Schlaf auf. Zuerst wusste er nicht, wo er war, doch als er Lisas ruhiges Atmen hörte, kehrte die Orientierung zurück.

Es klirrte erneut und dieses Mal war eindeutig zu hören, dass sich jemand an einem der Fenster zu schaffen machte.

Augenblicklich war Mark hellwach. Er setzte sich auf, schwang die Beine aus dem Bett und tastete im Dunkeln nach seiner Tasche. Als er den Reißverschluss aufzog, wachte Lisa auf.

Sie knipste die Nachttischlampe an und blinzelte irritiert, als sie ihn sah. »Was …?« Ihr Blick fiel auf die Pistole in seiner Hand, die er mit einem Griff durchlud. »Du hast eine Waffe?«

Er legte den Finger an die Lippen und bedeutete ihr, das Licht auszumachen.

»Spinnst du?«, zischte sie. Dann schien sie zu begreifen, dass etwas nicht stimmte.

In diesem Moment vernahm Mark das Geräusch von Schuhsohlen auf zerbrochenem Glas. Jemand war in der Wohnung! Ohne zu zögern, griff er nach Lisas Hand und zog sie zu sich, damit sie hinter dem Bett Deckung suchen konnte. Im Augenwinkel nahm er wahr, dass sie in ihrer Kommode nach Kleidern suchte. Er ließ sich auf die Ellenbogen fallen und robbte vorsichtig zur Tür, die nur angelehnt war. Das Licht der Straßenlaternen fiel durch Lisas Wohnzimmerfenster in den Raum. Eine der Scheiben war offensichtlich mit einem Glasschneider herausgeschnitten worden und dann zerbrochen.

Deutlich waren die Umrisse eines breitschultrigen Mannes zu sehen, der eine Waffe mit einem Schalldämpfer in der Hand hielt. Augenblicklich schoss Adrenalin in Marks Adern. Es musste sich um denselben Kerl handeln, den er in seinem Haus in die Falle gelockt hatte. Der Stiernacken und die raubtierhaften Bewegungen ließen keinen Zweifel zu. Wie zum Teufel hatte er ihn gefunden?

So vorsichtig wie möglich schob er die Tür etwas weiter auf, um ein besseres Schussfeld zu haben. Allerdings schien der Eindringling die Bewegung bemerkt zu haben, da er herumwirbelte und in Marks Richtung feuerte. Durch den Schalldämpfer klangen die Schüsse kaum lauter als ein dumpfes In-die-Hände-Klatschen.

Die Kugeln rissen Löcher in die Tür, eine prallte mit einem lauten Geräusch von der Metallklinke ab.

Mark hörte etwas hinter sich, widerstand jedoch dem Drang, sich umzudrehen. Wenn er den Angreifer nicht so schnell wie möglich ausschaltete … Er feuerte zurück.

Dank des Lichts von draußen konnte er erkennen, dass der Mann sich nach einer Deckung umsah. Während das Herz in seiner Kehle hämmerte, versetzte Mark der Tür einen Tritt und stürmte ins angrenzende Zimmer.

Der Eindringling duckte sich, so dass Lisas Küchenzeile ihm Deckung gab.

Da Mark nicht wusste, ob der Mann alleine war, brachte er sich hinter einem Schrank in Sicherheit, der die Kugeln des Angreifers allerdings nur kurze Zeit aufhalten würde. Das Magazin seiner Glock fasste nur 13 Patronen. Zwei hatte er bereits verschossen.

Eine scheinbare Ewigkeit rührte sich nichts. Dann schlug eine Salve von Schüssen dicht vor Mark in den Schrank ein. Ein Splitter bohrte sich in seine Hand, aber er spürte den Schmerz kaum.

Das Mündungsfeuer verriet ihm die Position des Angreifers.

Ohne daran zu denken, was passieren würde, wenn der andere ihn traf, kam er aus der Deckung und rannte auf das Versteck des Mannes zu. Er hatte die Küchenzeile fast erreicht, als der Kerl wie von der Sehne geschnellt zum Fenster rannte und sich mit einem Hechtsprung ins Freie rettete. Mark schickte ihm zwei Kugeln hinterher, die ihr Ziel jedoch verfehlten.

»Scheiße!«, schimpfte er. Ohne lange nachzudenken, tat er es dem Flüchtenden gleich und schlug sich kurz darauf durch Haselsträucher und Rosenbüsche. Einige Meter vor sich hörte er den Angreifer durchs Dickicht brechen. Da der Abhang immer steiler wurde, hatte Mark mehr als einmal fast den Halt verloren. Doch es gelang ihm, die Grasfläche am Fuß des Hügels zu erreichen, ohne sich die Beine zu brechen.

Er konnte gerade noch sehen, wie der Mann in eine dunkle Limousine stieg und mit heulendem Motor davonraste. Einen Moment lang war er versucht, auf seine Reifen zu schießen, doch die Entfernung war bereits zu groß.

»Fuck!«, schimpfte er. »Das gibt's doch nicht!« Wieso war ihm der Verfolger auf dem Weg zu Lisa nicht aufgefallen? Da das Polizeipräsidium nicht weit entfernt war, beeilte er sich, seine Glock wegzustecken, und schnaufte zurück, den Abhang hinauf. Ohnehin würde es hier vermutlich bald vor Streifenwagen nur so wimmeln, falls einer von Lisas Nachbarn den Notruf gewählt hatte.

»Lisa!«, rief er, als er ihre Wohnung wieder betrat.

Keine Antwort.

»Lisa?« Er spürte Panik in sich aufsteigen. »Lisa, verdammt! Antworte!« Er rannte ins Schlafzimmer und machte das Licht an. Was er sah, ließ ihm die Knie weich werden. Lisa lag auf dem Boden in einer Lache ihres eigenen Blutes. »Oh mein Gott!«, keuchte Mark. Er kniete sich neben sie und suchte nach der Wunde. Ein Querschläger schien sie im Bauch getroffen zu haben. »Scheiße, Scheiße, Scheiße!« Er rannte in die Küche, holte eine Flasche und schnappte sich ein paar Leinenhandtücher. Zurück im Schlafzimmer, presste er die Flasche auf die Wunde und band sie mit den Tüchern so fest, dass ein Druckverband entstand. Dann griff er zum Telefon und wählte den Notruf.

KAPITEL 40

Stuttgart, September 2017

Als acht Minuten später Krankenwagen und Notarzt eintrafen, atmete Lisa kaum mehr.

»Was ist passiert?«, wollte der Notarzt wissen. »Ist das eine Schusswunde?«

Mark nickte. »Ein Einbrecher. Sie ist Polizistin«, stammelte er.

»Gehen Sie aus dem Weg!«

Zwei Rettungssanitäter drängten sich in den Raum, um Lisa vorsichtig auf eine Trage zu heben.

»Sie muss sofort in den OP«, entschied der Arzt. »Die sollen eine Transfusion vorbereiten.«

Mark wurden die Knie weich, als sie Lisa aus dem Zimmer trugen. Sie sah so furchtbar bleich aus. Er ballte die Fäuste und steckte sie unter die Achseln, um sich davon abzuhalten, etwas Unüberlegtes zu tun. »Ich komme mit«, sagte er und folgte den Männern nach draußen.

»Sie können nichts für sie tun.« Der Notarzt kletterte in den Rettungswagen. »Es wäre besser, wenn Sie hierbleiben und der Polizei erzählen, was passiert ist.«

Mark schüttelte den Kopf. »Ich komme mit«, beharrte er. Ohnmächtig sah er dabei zu, wie sich der Notarzt über Lisa beugte, um den improvisierten Druckverband genauer in Augenschein zu nehmen. Dann schlug ihm einer der Sanitäter die Wagentüren vor der Nase zu.

Die Sirene heulte auf und das Fahrzeug setzte sich mit Blaulicht in Bewegung.

Da Marks Hände zitterten, benötigte er ein paar Versuche, um seine Autotür zu öffnen. Die Taubheit, die er empfand, erinnerte ihn an den Einsatz in Afghanistan, bei dem eines ihrer Konvoifahrzeuge von einer selbstgebauten Sprengvorrichtung in zwei Teile gerissen worden war. Auch damals war ihm alles unwirklich erschienen, beinahe als befände er sich unter Wasser.

Er ließ den Motor an und folgte dem Blaulicht, bis er das Robert-Bosch-Krankenhaus erreichte. Dort war um diese Uhrzeit wenig Betrieb, weshalb das Parkhaus fast leer war. Nachdem er seinen Wagen abgestellt hatte, rannte er zum Eingang. »Wohin ist sie gebracht worden?«, keuchte er.

Die Dame an der Rezeption sah ihn fragend an.

»Wen suchen Sie?«

»Meine Freundin! Sie ist angeschossen worden!« Mark beherrschte sich nur mit Mühe, am liebsten hätte er die Frau beim Kragen ihrer Jacke gepackt und geschüttelt, damit sie begriff, wie wichtig sein Anliegen war. »Sie ist in einem Rettungswagen hergebracht worden.«

Die Frau bedachte ihn mit einem Blick, der halb

beschwichtigend, halb mitleidig war. »Warten Sie einen Moment, ich frage nach.« Sie griff zum Telefon.

Während sie mit der Person am anderen Ende sprach, tigerte Mark ungeduldig vor ihrem Tresen auf und ab.

»Sie wird gerade für den OP vorbereitet«, sagte die Frau, nachdem sie aufgelegt hatte.

Mark fuhr sich mit den Handflächen übers Gesicht. Dabei klaffte seine Jacke auf.

»Ist das eine Waffe?«, fragte die Frau. Ihre Stimme überschlug sich beinahe.

Mark ließ die Hände wieder sinken. »Ich …«

Die Frau griff erneut zum Telefon. »Ich rufe die Polizei!«

Mark verkniff sich einen Fluch. Mit zwei langen Schritten war er bei ihr, nahm ihr den Hörer aus der Hand und knallte ihn auf die Gabel. »Lassen Sie das!«, herrschte er sie an.

Die Augen der Rezeptionistin weiteten sich panisch und sie kreischte: »Hilfe!«

»Hören Sie auf damit!« Mark spürte, wie eine Ader in seiner Schläfe anfing zu pochen. Am liebsten hätte er dem Schreihals die Luft abgeschnürt.

»Was ist hier los?«

Mark wirbelte herum.

Ein Mann in Pflegeruniform kam auf ihn zu.

»Er hat eine Waffe!«

Mark überlegte nicht lange. Die Situation drohte zu eskalieren. Wenn er blieb, würde das Krankenhaus die Polizei rufen und dann musste er erklären, warum er mit einer 45er durch die Gegend lief, für die er keine Mitführerlaubnis hatte. Obwohl er einen Augenblick lang versucht war, den Pfleger niederzuschlagen und in den OP-Bereich zu stürmen, wusste er, dass er weder Lisa noch sich einen Gefallen damit tun würde. Deshalb machte er auf dem Absatz kehrt, ehe der Mann ihn erreichte, und rannte aus dem Krankenhaus.

Auf halbem Weg sah er sich um, doch der Pfleger schien klug genug zu sein, ihm nicht zu folgen. Vermutlich rief einer der beiden gerade die Polizei, die ohnehin über die Schusswunde informiert werden musste. Das Richtige wäre gewesen, zu bleiben und den Beamten zu erklären, was vorgefallen war. Doch Wut und Verzweiflung machten Mark blind. Bei seinem Dienstwagen angekommen, schoss ihm ein Gedanke in den Kopf. Er hatte sich nicht erklären können, wie der Kerl ihn gefunden hatte, warum er keinen Verfolger bemerkt hatte. Doch an das Naheliegende hatte er nicht gedacht. Er ging neben dem Auto auf die Knie und tastete den Unterboden ab. Es dauerte nicht lange, bis er fündig wurde. Mit einer Verwünschung zog er einen GPS-Tracker hervor, der dem ähnelte, der an seinem Passat angebracht worden war. »Verdammte Scheiße!«, schimpfte er. Warum hatte er nicht vorher daran gedacht? Dann würde Lisa jetzt nicht im OP liegen.

Er pfefferte den Tracker auf den Boden und zertrat ihn mit der Hacke seines Schuhs. Die Wut brachte das Blut in seinen Ohren so zum Tosen, dass er die Schritte hinter sich erst hörte, als es fast zu spät war. Er sah etwas im polierten Lack seines Wagens aufblitzen und wich instinktiv zur Seite aus. Einen Sekundenbruchteil später hätte die Klinge des Messers ihn getroffen, anstatt vom Blech abzuprallen.

Ihm blieb kaum Zeit, um zu begreifen, was passierte, bevor der Angreifer erneut nach ihm stach. Obwohl es in der Garage schummrig war, erkannte Mark den Bulligen. Mit einem Wutschrei fing er dessen Arm ab, rammte ihm die Handwurzel gegen die Nase und trat ihn mit voller Wucht in den Bauch.

Der Mann ging zu Boden wie ein gefällter Baum.

Mark nagelte sein Handgelenk mit dem Schuh auf dem Boden fest und holte mit dem anderen Fuß aus, um ihm einen weiteren Tritt zu versetzen. Allerdings gelang es dem Kerl, sich mit einem Aufbäumen zu befreien, auf die Beine zu kommen und die Flucht zu ergreifen. Bevor Mark seine 45er aus dem Holster geholt hatte, heulte zum zweiten Mal in dieser Nacht ein Motor auf und der Angreifer raste davon.

Mark fackelte nicht lange. Mit hämmerndem Herzen riss er die Autotür auf und brauste mit quietschenden Reifen hinterher. Als er das Parkhaus verließ, sah er gerade noch, wie die Rücklichter des anderen um die Kurve verschwanden. In halsbrecherischem Tempo nahm er die Verfolgung auf und hätte beinahe die Kontrolle über sein Fahrzeug verloren, als vor ihm ein Kleinwagen auf die Straße einbog. Hupend trat er auf die Bremse und spürte, wie sämtliche elektronischen Helfer die Limousine davon abhielten, ins Schleudern zu geraten. »Verpiss dich!«, brüllte er, schaltete einen Gang zurück und raste auf der Gegenfahrbahn an dem Hindernis vorbei. Allerdings hatte der Zwischenfall ihm so viel Zeit geraubt, dass an der nächsten Kreuzung nichts mehr von seinem Angreifer zu sehen war.

»Verdammt!« Er schlug mit der Faust aufs Lenkrad und fuhr weiter, obwohl er keine Ahnung hatte, ob der Mistkerl die Hauptstraße nicht schon längst verlassen hatte. Beinahe eine Stunde suchte er ziellos halb Stuttgart nach dem Wagen ab, bis er schließlich einsah, dass es keinen Sinn hatte. Obwohl er kaum klar denken konnte, hielt er sich davon ab, zum Krankenhaus zurückzufahren, da er es sich nicht leisten konnte, von der Polizei aufgehalten zu werden. Er würde den Kerl aufspüren und herausfinden, warum er ihn verfolgte. Und dann würde er ihn töten! Mit aufeinandergebissenen Zähnen machte er sich auf den Weg aus der Stadt und hielt schließlich auf einem Wanderparkplatz an. Wenn er doch nur ein bisschen schneller gewesen wäre! Die Tatsache, dass der Kerl ihn mit einem Messer angegriffen hatte, bedeutete, dass er keine Munition mehr gehabt hatte. Wäre er selbst nicht so langsam gewesen … Er wischte die Selbstvorwürfe beiseite und versuchte, nicht daran zu denken, was mit Lisa passieren könnte.

Eines war ihm inzwischen klar: Warum auch immer der Angreifer es auf ihn abgesehen hatte, er würde nicht Halt machen, bevor einer von ihnen nicht mehr lebte.

KAPITEL 41

Stuttgart, September 2017

Der Bullige hätte sich am liebsten selbst geohrfeigt. Für das, was in dieser Nacht alles schiefgegangen war, hätte er jedem anderen sofort eine Kugel in den Kopf gejagt. Er war vorgegangen wie ein Anfänger – unprofessionell und emotional – und hatte sich von seiner Arroganz blenden lassen. Nicht nur, dass er Becker zweimal verfehlt hatte. Offenbar hatte der inzwischen den erst vor kurzem angebrachten GPS-Tracker gefunden, weshalb er nun keine Ahnung mehr hatte, wo er sich aufhielt. Auch wenn es ihm nicht gefiel, musste er sich eingestehen, dass er der Lage allein nicht Herr werden würde. Zwar bedeutete es einen massiven Gesichtsverlust für ihn, die anderen um Hilfe zu bitten. Doch wenn sie Mark Becker nicht endlich aus dem Weg räumten, drohte ihm vermutlich mehr als nur ein Verlust seiner Autorität. Die anderen Mitglieder des Netzwerkes, dem sie angehörten – diejenigen, die nicht in Deutschland operierten -, betrachteten sie seit der Zerschlagung ihrer ehemaligen Operationsbasis ohnehin als ein Risiko. Wenn dieser verdammte Becker noch mehr Ärger machte, standen vermutlich bald sie auf der Abschussliste.

Die Vorstellung, was passieren würde, wenn ein Auftrag sich gegen sie selbst richtete, ließ ihn frösteln. Es war eine Sache, sich mit einem ehemaligen Feldjäger herumzuschlagen. Gegen eine Gruppe professioneller Killer hatte jedoch selbst er nicht die geringste Chance.

Nachdem er eine halbe Stunde gewartet hatte, wagte er es schließlich, den Hinterhof zu verlassen, in den er sich geflüchtet hatte. Allein, dass er vor Becker hatte flüchten müssen, machte ihn wütend. Wäre er mit weniger Arroganz an die Sache herangegangen, hätte er ein zweites Magazin für seine Waffe eingesteckt. Er warf einen Blick die verlassene Straße entlang und machte sich auf den Weg zu ihrer neuen Operationsbasis. Bevor er seine Leute zusammentrommelte, brauchte er einen Plan.

KAPITEL 42

Stuttgart, September 2017

»Was ist passiert?« Michael Kuhn klang so, als ob Mark ihn mit seinem Anruf aus dem Tiefschlaf gerissen hätte.

»Ich stecke in der Scheiße«, sagte Mark tonlos. Er hatte es nicht gewagt, zu seiner Wohnung über der Firma zu fahren, da er annehmen musste, dass sein Verfolger die Adresse kannte. Im schlimmsten Fall wurde er dort von einem Kommando erwartet, das den Job beenden sollte, den der Bullige vergeigt hatte.

Das Rascheln am anderen Ende der Leitung verriet Mark, dass Michael aufgestanden war und sich etwas anzog. »Was ist los?«, fragte der Kamerad.

Mark erklärte ihm in knappen Worten, was vorgefallen war.

»Deine Freundin ist angeschossen worden?«

»Ja.«

»Kommt sie durch?«

Mark spürte Übelkeit in sich aufsteigen. »Ich weiß es nicht«, sagte er. Seine Stimme zitterte. »Wenn ich zum Krankenhaus zurückfahre, bringe ich sie vielleicht weiter in Gefahr. Außerdem rufen die bestimmt sofort die Polizei, wenn sie mich noch mal sehen.« Er starrte aus dem Fenster auf den von einer schwachen Laterne beleuchteten Wanderparkplatz, der um diese Uhrzeit völlig verwaist dalag.

»Das muss der Typ sein, der dich verwanzt hat«, stellte Michael fest.

»Der Dienstwagen hatte auch einen Tracker«, brummte Mark.

»Was?«

»Den hat er vermutlich angebracht, als ich unterwegs war«, sagte Mark. »Auf dem Wasen oder sonst wo. Vermutlich verfolgt er mich schon länger.«

»Aber warum?«

»Ich habe keine Ahnung.« Mark erinnerte sich an das letzte Mal, als er überfallen worden war – in seinem eigenen Haus. »Es sei denn …«

»Es sei denn was?«

»Nein, das macht keinen Sinn. Das Netzwerk ist zerschlagen worden, die sitzen alle im Gefängnis.«

»Wovon redest du?«

»Der Fall, wegen dem ich meinen Abschied nehmen musste«, erklärte Mark.

»Die Schießerei in Cannstatt?«

»Da steckte ein Netzwerk aus Söldnern und Profikillern dahinter.«

Michael holte hörbar Luft. »Und das sagst du mir erst jetzt?«

»Die Firma existiert nicht mehr, ich weiß nicht, wie viele Leute verhaftet worden sind, aber es waren einige.«

»Vielleicht nicht alle?«

»Warum sollten die mich dann bespitzeln? Wenn sie sich rächen wollten, hätten sie mich einfach umbringen können.«

»Das macht Sinn. Wo bist du? Wie kann ich dir helfen?«

»Ich brauche einen Unterschlupf«, gab Mark zurück. »Und hast du die Wanze noch, die ich mitgebracht habe?«

»Wenn Fiona die Mülleimer nicht geleert hat, was sie so gut wie nie tut, müsste sie noch da sein, wo du sie hingeschmissen hast«, erwiderte Michael.

»Glaubst du, du könntest mit Hilfe eines Kontaktes beim MAD rausfinden, wohin das Ding Daten sendet?«, fragte Mark. Zwar hatte Lukas gesagt, es sei unmöglich, aber der MAD hatte sicherlich andere Möglichkeiten.

»Die werden den Empfänger vermutlich inzwischen abgeschaltet haben.«

»Kannst du es versuchen?«

»Sicher. Einer der Kameraden schuldet mir noch einen Gefallen. Wenn es jemand schafft, dann er. Ich leite ihm außerdem das Bild von dem Typen weiter, das du gemacht hast. Vielleicht kann er rausfinden, wer er ist.«

Obwohl Mark wusste, wie gut der MAD war, glaubte er nicht daran.

»Du tauchst jetzt erst mal unter.« Michael beschrieb ihm den Weg zu einem Ferienhaus in Uhlbach, das auf den Namen der Firma lief. »Der Schlüssel ist unter dem vierten Stein von links direkt vor der Tür. Bleib da, bis ich mich wieder bei dir melde«, sagte er. »Wenn du was brauchst, ruf an. Aber nach dem, was heute Nacht passiert ist, solltest du erst mal versuchen zu schlafen.«

»Wie soll ich denn jetzt schlafen?«

»Versuch es wenigstens.«

Nachdem Michael aufgelegt hatte, schloss Mark einen Moment lang die Augen. Plötzlich fühlte er sich so erschöpft, als ob er tagelang mit Marschgepäck durch die Wüste gestapft wäre. Die Angst um Lisa schien ihm die Kraft zu rauben. Obwohl er wusste, dass es unklug war, griff er erneut zum Telefon und rief im Krankenhaus an. »Müller von der Kriminalpolizei«, meldete er sich. »Eine unserer Kolleginnen wurde vorhin mit einer Schusswunde bei Ihnen eingeliefert. Lisa Schäfer.«

»Einen Moment.« Die Dame an der Rezeption schien seine Stimme nicht erkannt zu haben. »Ja, Frau Schäfer ist im OP.«

»Würden Sie mir die Durchwahl des zuständigen Arztes geben?«

»Ich muss nur schnell nachsehen.« Tasten klapperten, dann diktierte die Frau Mark Namen und Nummer des Arztes. »Es wird aber sicher noch eine Weile dauern«, sagte sie.

Mark legte auf, notierte sich die Informationen und widerstand nur mühsam der Versuchung, es sofort auf der Station zu versuchen. Wenn Lisa so schwer verletzt war, wie es ausgesehen hatte, würde der Eingriff vermutlich mehrere Stunden in Anspruch nehmen. Das hohle Gefühl in seinem Bauch breitete sich aus. Wenn sie überhaupt so lange durchhielt. Mit einem Stöhnen vergrub er das Gesicht in den Händen.

Lange Zeit saß er so da und brütete vor sich hin, bis er sich schließlich zwang, sich zusammenzureißen. Er musste aufhören, sich mit Selbstvorwürfen zu martern. Die würden Lisa nicht helfen und ihn von dem ablenken, was zu tun war. Er überprüfte das Magazin seiner Glock, gab die Adresse von Michaels Ferienhaus ins Navi ein und verließ den Wanderparkplatz. Eine Dreiviertelstunde später erreichte er den von Weinbergen gesäumten kleinen Ort im äußersten Osten von Stuttgart, dessen malerische Lage im Sommer viele Touristen anzog. Das Haus lag am Rand der Weinberge, halb verborgen in einer kleinen Senke. Der Schlüssel befand sich dort, wo Michael gesagt hatte, und sobald Mark die Tür hinter sich geschlossen hatte, spürte er, wie ein Teil der Anspannung von ihm abfiel. Die Angst um Lisa saß ihm zwar immer noch im Nacken, aber wenigstens schien ihn niemand verfolgt zu haben. Er ging in die Küche, legte seine Pistole auf den Tisch und füllte ein Glas mit eiskaltem Hahnenwasser. Das Adrenalin hatte seinen Mund trocken gemacht, weshalb er gierig trank. Dann setzte er sich hin und wartete darauf, dass Michael ihn anrief.

KAPITEL 43

Stuttgart, September 2017

Als schließlich die Sonne aufging und Michael sich immer noch nicht gemeldet hatte, griff Mark zum Telefon, um erneut die Nummer des Robert-Bosch-Krankenhauses zu wählen. Dieses Mal nahm eine Stationsschwester ab. Wieder meldete er sich als Kriminalbeamter. »Ist Doktor Mayer immer noch im OP?«, fragte er.

»Da muss ich nachschauen.« Es klapperte, als sie offenbar den Hörer ablegte.

Kurz darauf kam sie wieder ans Telefon. »Nein. Er hatte vor einer halben Stunde Dienstende. Kann ich Ihnen helfen?«

Mark spürte, wie ihm die Kehle eng wurde. Er hatte Angst vor der Frage, die er im Begriff war zu stellen. Oder vielmehr vor der Antwort. »Heute Nacht ist eine Kollegin von uns mit einer Schusswunde eingeliefert worden«, sagte er. »Lisa Schäfer. Wie geht es ihr?«

»Oh, ja, die Bauchverletzung«, murmelte die Schwester. Sie schien in ihren Unterlagen zu blättern. »Sie liegt auf Zimmer 301«, sagte sie schließlich. »Die Operation ist gut verlaufen, aber sie ist noch sehr geschwächt.«

Mark schossen vor Erleichterung die Tränen in die Augen.

»Wenn es keine Komplikationen gibt, ist sie bald wieder gesund.«

»Komplikationen?«

»Eine Bauchverletzung birgt immer das Risiko von Infektionen«, erwiderte die Schwester. »Aber hier bei uns ist sie in besten Händen.«

Obwohl Mark ihr am liebsten noch tausend Fragen gestellt hätte, bedankte er sich bei ihr und legte auf. Dann holte er ein paar Mal tief Luft, um das Gefühl der Enge loszuwerden. Lisa war stark, sie würde wieder gesund werden. Er musste sich jetzt darauf konzentrieren, den Dreckskerl zu schnappen, der ihr das angetan hatte! Und das ging nicht, wenn er vor lauter Müdigkeit alles doppelt sah. So sehr es ihn auch drängte, sich sofort auf die Suche nach dem Bulligen zu machen, forderte sein Körper Schlaf. Nachdem er im Kühlschrank etwas abgepacktes Brot und Käse gefunden hatte, machte er sich eine Kleinigkeit zu essen, suchte das Schlafzimmer und fiel schließlich vollkommen erschöpft ins Bett. Trotz all der Sorge, Wut und Anspannung dauerte es nicht lange, bis er einschlief.

Das Klingeln des Telefons riss ihn einige Stunden später aus dem Schlaf. Instinktiv zuckte seine Hand zu der Waffe, die neben ihm auf dem Nachttisch lag, bis er begriff, dass keine Gefahr drohte. Blinzelnd sah er aufs Display und drückte auf »Annehmen«.

»Mark?«, tönte ihm Lukas' Stimme ins Ohr. »Du glaubst nicht, was ich gefunden habe!« Der Freund klang so aufgeregt, als ob er einen Schatz entdeckt hätte.

»Was hast du gefunden?« Mark reckte sich und warf einen Blick auf die Uhr. Es war kurz vor elf.

»Wir hatten doch ein Bild von dem Kerl gemacht, der bei dir eingebrochen ist«, sagte Lukas.

Marks Puls machte einen Satz. »Hast du was über ihn rausgefunden?«

»Das kannst du laut sagen.« Stolz schwang in Lukas' Stimme mit. »Ich habe eine Bildsuche im Netz laufen lassen und das gefunden, was ich dir gleich durchmaile.«

Marks Telefon gab einen Ton von sich. Er stellte Lukas auf Lautsprecher und klickte die Datei an. »Was zum Geier …?« Auf dem Bild waren der Bullige und ein paar andere Kleiderschränke in Uniform zu sehen.

»Offensichtlich war der Kerl mal bei der Bundeswehr«, stellte Lukas überflüssigerweise fest. »Aber ich glaube, die Typen im Hintergrund werden dich mehr interessieren.«

Mark zog das Bild größer und kniff die Augen zusammen, um besser sehen zu können. »Verdammt!«, sagte er schließlich. »Das ist der Chef von P.O.V. Security!«

»Der dir und Lisa seine Festnahme verdankt«, stellte Lukas fest. »Sieht so aus, als ob die dir einen ihrer Männer auf den Hals gehetzt hätten.«

Mark stieß einen Fluch aus. Dann hatte Michael mit seiner Vermutung recht gehabt. Wieso war er nicht selber darauf gekommen? Weil es keinen Sinn machte, dass sie ihn bespitzelten, beantwortete er sich die Frage selber. Wenn sie sich dafür rächen wollten, dass er ihnen das Geschäft versaut hatte, warum hatten sie ihn dann nicht einfach beseitigt? Ein Exempel an ihm statuiert, um andere abzuschrecken? Er fuhr sich mit den Fingern durchs Haar. Was wollten die Kerle von ihm? Wozu dieses Katz-und-Maus-Spiel?

»Hilft dir das weiter?«, wollte Lukas wissen.

»Auf jeden Fall«, gab Mark zurück. Er starrte das Bild hasserfüllt an. »Ich hoffe, du warst vorsichtig.«

Lukas lachte. »Wofür hältst du mich?«

»Mit diesen Typen ist nicht zu spaßen. Vielleicht solltest du wieder eine Weile zu deiner Schwester ziehen.«

»Auf keinen Fall! Ich habe übers TOR-Netzwerk recherchiert, meine IP-Adresse ist also nicht nachzuverfolgen. Selbst wenn meine Suche irgendeinen Alarm ausgelöst haben sollte, können die mich unmöglich finden.«

»Bist du absolut sicher?«

»So sicher, dass ich mich dafür mit dem nackten Hintern ins Feuer setzen würde.«

»Man legt seine Hand ins Feuer«, brummte Mark.

»Ist doch egal. Ich bin mir sicher. Wenn du Hilfe brauchst, weißt du, wo du mich findest.«

Mark bedankte sich bei dem Freund und legte auf. Von der Schießerei hatte er ihm nichts erzählt, um ihn nicht zu beunruhigen – obwohl Lukas kaum aus der Ruhe zu bringen war. Für ihn war alles immer irgendwie cool und aufregend, als ob er nicht begriff, wie tödlich das Spiel war, auf das Mark sich eingelassen hatte. Mark legte das

Telefon zur Seite. Nachdem er eine Weile grübelnd dagesessen hatte, stand er auf und ging in die Dusche. Dann machte er sich ein weiteres Käsebrot. Viel mehr gab der Kühlschrank nicht her.

Nach dem Essen wollte er gerade das Haus verlassen, um etwas einzukaufen, als er hörte, wie sich jemand an der Tür zu schaffen machte. Mit einer blitzschnellen Bewegung zog er die Waffe und richtete sie auf den Eingang.

KAPITEL 44

Stuttgart, September 2017

Der Bullige trommelte ungeduldig mit den Fingern auf die Schreibtischplatte. Er hatte die anderen auf Punkt 12 Uhr bestellt, doch bis jetzt waren erst vier der sechs verbliebenen Männer anwesend. Die anderen beiden schienen noch mit ihren Aufträgen beschäftigt zu sein, weshalb er beschloss, ohne sie anzufangen. Für das, was er sich ausgedacht hatte, sollten fünf professionelle Söldner genügen, schließlich war ihr Opfer verwundet und lag auf der Intensivstation eines zivilen Krankenhauses. Anders als in einer Bundeswehreinrichtung war nicht mit bewaffneten Wachen zu rechnen, und die Ärzte und Pfleger würden vermutlich keinen großen Widerstand leisten. Bis die Polizei, die sie zweifelsohne rufen würden, eintraf, waren sie längst über alle Berge.

»Es geht um Mark Becker«, kam er ohne Umschweife zur Sache.

Zwei der Anwesenden tauschten genervte Blicke.

»Ich weiß, dass ich lange Zeit dagegen war, ihn auszuschalten«, fuhr der Bullige fort, bevor sie ihm ins

Wort fallen konnten. »Aber die Dinge haben sich geändert.«

Brauen wanderten erstaunt in die Höhe.

Der Mann wusste, dass sich hinter seinem Rücken schon fast eine Meuterei wegen Becker zusammengebraut hatte, weshalb ihm dieser Schritt alles andere als leicht fiel.

»Wann schlagen wir zu?«, fragte ein blonder Hüne mit einem Vollbart.

»Heute Nacht«, war die Antwort.

»Hast du neue Tracker angebracht?«

»Ich habe etwas viel Besseres«, erwiderte der Bullige. »Ich weiß, wo seine Freundin ist.«

»Und? Willst du sie entführen?«

»Genau das habe ich vor. Wenn ihm ihr Leben etwas bedeutet, wird er uns ohne die geringste Gegenwehr ins Netz spazieren. Und dann können wir endlich herausfinden, wem wir es außer ihm noch zu verdanken haben, dass P.O.V. aufgeflogen ist.« Er schloss seinen Computer an einen Beamer an und warf eine Satellitenaufnahme des Robert-Bosch-Krankenhauses an die Wand. »Wir gehen folgendermaßen vor …«

KAPITEL 45

Stuttgart, September 2017

»Ich hätte dich erschießen können!« Mark ließ die Waffe wieder sinken, als Michael im Türrahmen erschien. »Wieso hast du nicht vorher angerufen und mir gesagt, dass du kommst?«

»Ich wollte dich nicht wecken.« Michael stellte eine schwere Tasche auf den Boden und holte einen Laptop daraus hervor.

»Hat dein Kamerad was rausgefunden?«, erkundigte sich Mark. Er steckte die Pistole zurück ins Holster. »Ich habe Neuigkeiten von Lukas.«

»Du zuerst«, forderte Michael ihn auf.

Mark erklärte ihm, auf was Lukas bei seiner Bildsuche gestoßen war.

Michael rieb sich das Kinn. »Also doch, wie ich vermutet hatte.«

»Ich kapiere nur nicht, wieso die sich all diese Mühe gemacht haben.«

»Das findest du vielleicht bald raus.« Michael ging

ins Wohnzimmer und stellte den Laptop auf den Tisch. Die restliche Einrichtung des Raumes bestand aus einer gemütlichen Polstergarnitur, zwei Bücherregalen und einem Flachbildfernseher. Einfach, aber nett. »Ich weiß, wohin die Wanze ihre Daten verschickt.«

Mark starrte auf den Bildschirm, auf dem eine Karte mit einem blinkenden roten Punkt zu sehen war.

»Das ist der Ort, an dem sich der Empfänger befindet.« Michael tippte auf den roten Punkt.

»Das ist hier. Mitten in Stuttgart«, stellte Mark fest.

»Sieht so aus, als ob die ihre Zelte noch nicht abgebrochen haben.«

Mark beugte sich näher über den Computer, um die Gegend besser in Augenschein nehmen zu können.

»Bist du wieder fit?«, fragte Michael.

Mark nickte.

»Dann würde ich vorschlagen, dass wir da hinfahren und das Gebäude beobachten«, sagte Michael. Er ging in den Flur, um die Tasche zu holen. Darin befanden sich Schutzwesten, zwei Ferngläser, eine Schrotflinte, Elektroschockgeräte, Seile, Karabiner und mehrere mit Gummibändern zusammengehaltene Magazine.

Mark pfiff durch die Zähne. »Du bist auf alles vorbereitet.«

»Wenn jemand auf meinen Partner schießt, verstehe ich keinen Spaß«, sagte Michael grimmig. Er warf Mark zwei Magazine zu. »Hast du eine Ersatzwaffe?«

Mark schüttelte den Kopf. Seine 22er hatte er nicht mitgenommen.

Michael zog eine kleine, kompakte Walther P 22 aus der Tasche. »Dachte ich mir.« Er grinste.

Mark verstaute die Waffe in einem Knöchelholster, das Michael ebenfalls mitgebracht hatte. Dann befestigte er noch ein Kampfmesser an seinem Gürtel und griff nach einer der Schutzwesten.

»Willst du sofort los?«, fragte Michael.

»Willst du abwarten, bis die untertauchen?« Mark ballte die Fäuste.

»Solange es hell ist, müssen wir uns aber bedeckt halten. Wenn jemand die Polizei ruft und die uns anhalten …«

»Keine Angst, ich renne nicht wie ein Irrer über die Straße und ballere wild um mich«, knurrte Mark. »Aber ich würde es mir nie verzeihen, wenn die verschwinden, weil wir uns nicht rechtzeitig bewegt haben.«

»Alles klar.« Michael klappte den Laptop zu und verstaute ihn in der Tasche. Dann zog auch er eine Schutzweste an und überprüfte die Magazine seiner Pistolen.

Wenn man sie mit all der Feuerkraft erwischte, würden sie sich gewaltigen Ärger einhandeln. Aber das war Mark im Augenblick vollkommen egal.

Da die Heckscheiben von Michaels Q7 verdunkelt waren, entschieden sie sich für dieses Fahrzeug, anstatt mit Marks Limousine zu fahren. Michael verstaute die Tasche zwischen Rückbank und Fahrersitz und ließ den Wagen an. Wenig später ließen sie die malerischen Weinberge hinter sich und machten sich auf den Weg in die Stadt. Dort herrschte dichter Einkaufsverkehr, so dass sie nur langsam vorankamen. Als sie ihr Ziel nach fast einer Stunde Fahrt endlich erreichten, fühlte Mark sich, als ob er Ameisen im Bauch hätte. Nur mühsam widerstand er der Versuchung, erneut im Krankenhaus anzurufen, um sich nach Lisa zu erkundigen, da früher oder später herauskommen würde, dass er kein Kriminalbeamter war. Er musste darauf vertrauen, dass die Ärzte ihren Job richtig machten, und sich auf das konzentrieren, weshalb sie hier waren.

Das Gebäude, in dem sich der Empfänger der Wanze befand, war ein unscheinbarer Bürokomplex mit einer Tiefgarage für die Angestellten. Im direkten Umfeld befanden sich weitere Bürogebäude, die an diesem Samstag mehr oder weniger verwaist zu sein schienen. Lediglich das eine oder andere Auto parkte vor den modernen Kolossen aus Stahl und Glas, sonst war alles ruhig. Am Ende der Straße gab es eine Tankstelle und ein Café, doch auch dort schien an diesem Tag nicht besonders viel los zu sein.

Michael parkte den Wagen so, dass sie einen ungehinderten Blick auf die Garageneinfahrt hatten, vom Gebäude aus jedoch nicht gesehen werden konnten, da eine riesige Birke die Sicht versperrte.

»Was willst du tun, wenn der Kerl auftaucht?«, fragte Michael.

Mark biss die Zähne aufeinander. »Ihn schnappen«, knurrte er.

»Und dann?«

»Dann bringen wir ihn zur Polizei und ich sage gegen ihn aus.«

Michael nickte. »Alles klar.« Er lehnte sich zurück, griff nach einem Fernglas und suchte damit die Front des Hochhauses ab. »Nichts zu erkennen. Da ist alles verspiegelt.«

Die nächsten Stunden brachten sie damit zu, sich mit dem Beobachten abzuwechseln. Als sich bei Einbruch der Dunkelheit immer noch nichts gerührt hatte, legte Mark das Fernglas zur Seite. »Ich gehe rein. Wenn die da drin bloß den Empfänger rumliegen haben, sitzen wir in einer Woche noch hier. Vielleicht ist das eine Sackgasse.«

Michael verzog das Gesicht. »Ich komme mit«, sagte er. »Jemand muss dir den Rücken decken.«

»Mir wäre es lieber, wenn du die Umgebung im Auge behältst«, gab Mark zurück. »Melde dich, wenn sich irgendetwas tut. Ich versuche rauszufinden, in welchem Stock sich der Empfänger befindet.«

»Mir ist nicht wohl dabei, dich alleine da reingehen zu lassen«, brummte Michael. »Wenn es eine Falle ist …«

»… ist es wenigstens Notwehr, wenn ich dem Scheißkerl den Schädel wegblase.« Mark überprüfte den Sitz seiner Schutzweste, zog eine Jacke darüber und schnappte sich ein Funkgerät. Dann verließ er den Wagen. Als wäre er ein Geschäftsmann, der in die Lektüre von E-Mails vertieft war, ging er mit dem Handy vor der Nase über die Straße und steuerte auf den Eingang zur Tiefgarage zu. Als er ihn erreichte, stellte er zu seiner Erleichterung fest, dass er lediglich durch eine Schranke gesichert war. Er steckte das Handy ein, duckte sich unter der Schranke hindurch und betrat die Garage, die in mehrere Firmenbereiche aufgeteilt zu sein schien. Am anderen Ende entdeckte er einen Lift.

Ein Blick an die Decke verriet ihm, wo die Sicherheitskameras angebracht waren. Mit gesenktem Kopf drang er tiefer in die Garage vor und steuerte auf den Lift zu. Dort angekommen, drückte er den Knopf, doch nichts rührte sich. Unter dem Knopf befand sich ein Schlüsselloch. Vermutlich tat sich gar nichts, wenn man nicht den passenden Schlüssel besaß. »Verdammt!«, schimpfte er. Damit die Security, die zweifelsohne irgendwo die Bilder der Überwachungskameras auf dem Schirm hatte, nicht misstrauisch wurde, klopfte er sich die Taschen ab und schüttelte übertrieben den Kopf – wie jemand, der sich über seine eigene Vergesslichkeit ärgerte. Dann sah er sich nach einer Notausgangstür um, hinter der er das Treppenhaus vermutete.

Es dauerte nicht lange, bis er das grüne Schild entdeckte. Er wollte gerade darauf zusteuern, um dort sein Glück zu versuchen, als es in seinem Funkgerät knackte.

»Da kommt jemand«, warnte Michael ihn.

Wenig später hob sich die Schranke und ein dunkler Wagen fuhr in die Garage.

»Es kommen noch mehr«, sagte Michael. »Ich sehe fünf Autos.«

Um nicht entdeckt zu werden, ging Mark zu einem der dicken Stützpfeiler und verbarg sich dahinter. Als er sah, wer aus einem der Wagen, die nacheinander einfuhren, ausstieg, griff er mit einem lautlosen Fluch nach seiner Pistole.

KAPITEL 46

Stuttgart, September 2017

»Tu nichts Unüberlegtes«, hörte er Michael sagen. Auch er musste den Fahrer des letzten Wagens erkannt haben. »Bleib, wo du bist, ich komme.«

Mark hörte ihn kaum. Die Wut schaltete seinen Verstand aus, und obwohl er gegen fünf Bewaffnete kaum eine Chance hatte, zog er seine Pistole.

Die Wagen fuhren auf das über Mark liegende Parkdeck und er hörte Autotüren schlagen. Seine Glock fest umklammernd, rannte er an der Wand entlang zu der Rampe, die nach oben führte.

»Habt ihr alles?«, hörte er einen der Kerle fragen.

Zustimmendes Gemurmel. Dann war das Geräusch einer Schiebetür zu hören, wenig später wurde ein Motor angelassen.

»Shit!«, schimpfte Mark. Offenbar waren sie in einen anderen Wagen umgestiegen. Er rannte so schnell er konnte die Rampe hinauf, nur um gerade noch die Rücklichter eines grauen Vans zu sehen, der in die entgegengesetzte Richtung davonfuhr. Dort prangte ein Leuchtschild mit der Aufschrift »Ausfahrt«.

Mark machte auf dem Absatz kehrt und sprintete die Rampe hinunter. Der Van stand bereits an der Schranke, die sich in diesem Moment hob. Einen Augenblick lang war er versucht, auf die Reifen des Fahrzeugs zu schießen. Doch damit würde er aus dieser Entfernung vermutlich nicht viel erreichen. Er griff nach dem Funkgerät. »Die sind in einen Van umgestiegen. Hol mich an der Einfahrt ab!«

»Alles klar. Ich sehe den Van.«

Kurz darauf sprang Mark in Michaels Q7. »Da vorn!« Er zeigte auf den Van, der in diesem Moment an einer Ampel anfuhr.

»Wo wollen die hin?« Michael gab Gas und erreichte die Ampel gerade noch, bevor sie wieder auf Rot umschaltete.

»Ich habe keine Ahnung.« Mark fuhr sich mit dem Ärmel über die Stirn. »Sie sind zu fünft. Vielleicht haben die einen Auftrag.«

»Sollten wir nicht lieber die Polizei rufen?«

»Und denen was genau sagen? Dass wir in eine Garage eingebrochen sind und ein paar Typen verfolgen? Bewaffnet?« Mark schüttelte den Kopf. »Da, sie biegen ab!« Es dauerte einige Momente, bis er sich in der Dunkelheit orientieren konnte. »Scheiße! Die fahren zum Krankenhaus!«

»Sieht so aus«, stimmte Michael ihm zu.

Mark sah sich nervös um. Sie waren allein auf der

Straße bis auf ein Taxi, das allerdings geradeaus fuhr. »Das ist bestimmt nur ein Zufall«, versuchte er, sich selbst zu beruhigen. Allerdings schlug der Van kurz darauf den Weg zum Besucherbereich des Robert-Bosch-Krankenhauses ein.

*

»Fahr nach hinten zur Pathologie«, befahl der Bullige dem Fahrer. »Da wird uns um diese Zeit niemand stören und die Tür sollte leicht zu knacken sein.«

»Klar, wer bricht schon in einen Kühlraum ein?«, gab der Fahrer zurück und tat, wie geheißen. Wenig später brachte er den Van vor dem Hintereingang zum Stehen und stieg aus.

Die anderen folgten.

»Wie willst du rausfinden, wo die Frau liegt?«, fragte der Blonde mit dem Vollbart.

»Schon längst erledigt«, erwiderte der Bullige. »Sie ist auf der Intensivstation.«

»Die ist rund um die Uhr besetzt«, wandte ein Dritter ein.

»Wer uns in die Quere kommt …« Der Bullige zog seine Waffe, schraubte einen Schalldämpfer auf und lud sie durch. »Anders kriegen wir diesen verdammten Becker nie. Wenn wir seine Freundin haben, wird er alles tun, um ihr Leben zu retten.«

»Wenn sie so schwer verletzt ist, dass sie auf der Intensivstation liegt …«, wandte einer der anderen ein.

»Es ist mir scheißegal, ob sie das überlebt!«, brauste der Bullige auf. »Und jetzt mach die Tür auf!«

Es dauerte länger, als er gedacht hatte, bis das Schloss endlich nachgab. Als es mit einem leisen Knacken aufsprang, drängten er und die anderen in den eiskalten Raum dahinter, in dem sich Stahlschubfächer mit toten Körpern befanden.

»Verdammt, ist das kalt!«, schimpfte der Mann mit den Dietrichen, der sich an einer weiteren Tür zu schaffen machte. Dieses Schloss war weniger widerspenstig, so dass sie kurz darauf im Obduktionssaal des Krankenhauses standen. Durch eine breite Fensterfront fiel etwas Mondlicht auf den gefliesten Boden und verlieh dem Raum etwas Gespenstisches.

»Nichts wie raus hier!«, drängte der mit dem Vollbart.

»Hast wohl Angst vor Zombies«, frotzelte ein anderer. Allerdings klang es nicht so flapsig, wie es sollte.

Wenig später standen die fünf Männer auf dem Korridor vor dem Sektionssaal.

»Wohin jetzt?«

Der Bullige warf einen Blick auf den Plan des Krankenhauses, den er sich ausgedruckt hatte. »Die Treppen hoch«, befahl er. »Einer von euch bleibt hier, um den Wagen zu bewachen. Falls jemand kommt, erzählt denen irgendwas, damit sie wieder abhauen. Wir sollten in spätestens 15 Minuten zurück sein.«

KAPITEL 47

Stuttgart, September 2017

»Wo sind die hin?« Mark sah angestrengt aus dem Fenster. Sie waren dem Van zum Besucherparkplatz gefolgt, allerdings war von dem Fahrzeug weit und breit nichts mehr zu sehen. »Die können sich doch nicht in Luft aufgelöst haben.«

»Hm«, brummte Michael. Er fuhr eine Runde um den Parkplatz, ehe er sich auf den Weg zum Parkhaus machte. Dort war von dem Van allerdings auch keine Spur zu entdecken.

»Verdammt, das gibt's doch nicht!«, schimpfte Mark. Die Wut, die in ihm kochte, drohte ihm den Verstand zu vernebeln. »Die sind hinter Lisa her!«

»Vielleicht sind sie hinter dem Gebäude«, sagte Michael. Er lenkte den Wagen am Haupteingang vorbei in einen Bereich, der für Besucher gesperrt war.

»Da!« Mark zeigte auf den Van, der vor einer großen Tür parkte. »Da sind die Mistkerle!«

Deutlich war einer der Männer zu sehen, der ihr Fahrzeug misstrauisch beäugte.

»Er hat eine Waffe!«, warnte Michael, als der Mann den Arm hob, um auf sie zu zielen.

»Gib Gas!«

Ohne lange zu überlegen, trat Michael das Pedal durch und raste auf den Van zu.

Die erste Kugel verfehlte den Q7, die zweite schlug ins Blech der Motorhaube ein. Ehe der Schütze erneut feuern konnte, rammte Michael den Mann, der durch die Wucht des Aufpralls mehrere Meter durch die Luft geschleudert wurde. Er blieb regungslos auf dem Asphalt liegen.

Während Michael das Fahrzeug zurücksetzte, öffnete Mark die Tür und sprang ins Freie. Die Glock in der Hand, rannte er zu dem Schützen und hielt ihm zwei Finger an die Halsschlagader. »Er lebt noch«, teilte er Michael mit, als der neben ihm auftauchte.

Michael zog einen Kabelbinder aus der Tasche und fesselte dem Mann die Hände. Dann sah er sich um.

»Die anderen müssen drin sein«, sagte Mark. Ohne lange zu fackeln, eilte er zu der Tür, die die Männer offensichtlich aufgebrochen hatten.

Michael folgte ihm.

Obwohl es in dem Raum fast vollkommen dunkel war, erkannte Mark eine weitere Tür, da diese einen Spaltbreit offen stand. Mit Michael im Rücken drückte er sich in den dahinterliegenden Obduktionssaal. Der Geruch von Desinfektionsmittel stach ihm in die Nase.

»Da lang.« Michael zeigte auf eine große Stahltür am anderen Ende des Raumes.

Vorbei an den beiden Sektionstischen, huschten sie über den Fliesenboden und standen wenig später auf einem spärlich beleuchteten Korridor, dessen Linoleumboden schon bessere Tage gesehen hatte. Eine der Neonröhren an der Decke gab ein leises Brummen von sich.

»Die Intensivstation ist im ersten Stock«, zischte Mark. Er sah den Korridor entlang, doch außer ihnen war weit und breit niemand zu sehen. »Flügel D.«

»Dann sollten wir uns beeilen.« Michael steckte die Waffe ins Holster.

Mark tat es ihm gleich. Wenn ihnen Klinikpersonal begegnete, würde man ihnen sonst den Weg versperren und sie könnten wertvolle Sekunden verlieren. Als sie an einem Rollwagen mit schmutziger Wäsche vorbeikamen, schnappte Mark sich einen weißen Kittel.

Michael rümpfte die Nase, griff aber ebenfalls in den Wagen.

»Wir nehmen die Treppe.« Mark eilte voraus. Es dauerte nicht lange, bis sie die Intensivstation erreichten. Ein rotes Licht über der Tür warnte Besucher vor dem Betreten ohne Erlaubnis, doch davon ließen sie sich nicht abhalten. Auf dem Gang vor ihnen waren eindeutig vier Männer zu erkennen, die gerade im Begriff waren, ein Krankenzimmer zu betreten.

Mark stürmte in den Korridor. »Halt!«

Die Männer wirbelten herum.

»Das ist Becker!«

Als die Kerle ihre Waffen auf ihn richteten, zog Michael

ihn hinter einen Versorgungswagen und feuerte den Gang entlang.

»Es sind zu viele«, zischte Michael, während ihnen Kugeln um die Ohren pfiffen.

Die Tür der Intensivstation zerbarst mit einem lauten Splittern.

»Schnappt ihn euch!«, hörte Mark einen der Männer rufen.

Blinde Wut ließ ihn alle Vernunft vergessen. Er überprüfte den Ladezustand seiner Glock, sprang aus der Deckung und feuerte in Richtung der Eindringlinge.

Einer der Männer ging getroffen zu Boden.

Die anderen wichen zurück, nur der Bullige blieb breitbeinig im Gang stehen und schoss weiter auf Mark. Allerdings beeinträchtigte der Schalldämpfer seine Zielsicherheit, weshalb die Projektile Mark verfehlten.

Michael schien ebenfalls seine Deckung aufgegeben zu haben, da Mark ihn hinter sich feuern hörte.

Als einer der Eindringlinge in ein Krankenzimmer fliehen wollte, schoss Mark ihm in die Seite. Er brach mit einem Schmerzenslaut in die Knie.

»Raus hier!«, brüllte einer der beiden, die noch übrig waren.

Der Bullige rührte sich nicht von der Stelle.

Mit einer letzten Salve in Marks Richtung machte der Schütze kehrt und rannte ans Ende des Korridors, wo er durch eine Tür verschwand.

Der Bullige wirkte einen Augenblick unschlüssig, dann

machte auch er auf dem Absatz kehrt und folgte dem anderen.

Mark schickte ihm ein paar Kugeln hinterher, die ihn jedoch zu verfehlen schienen.

»Was soll das? Was ist hier los?«, ertönte eine schrille Stimme. Eine Krankenschwester kam durch die zerschossene Tür. Als sie Marks Waffe sah, ergriff sie kreischend die Flucht.

Mark verschwendete keinen Gedanken an sie. Er lud seine Glock nach, gab Michael ein Zeichen und rannte den Fliehenden hinterher. Während Michael sich um die Angeschossenen kümmerte, stürmte Mark durch die Tür am Ende des Ganges und polterte die Treppen hinab.

KAPITEL 48

Stuttgart, September 2017

Im Erdgeschoss angekommen, sah Mark gerade noch, wie die beiden Männer durch eine weitere Tür verschwanden. Mit einem Fluch rannte er ihnen hinterher, befreite sich von dem störenden weißen Kittel und stand kurz darauf im Freien.

Ein Schuss peitschte durch die Nacht. Die Kugel schlug vor ihm im Asphalt ein, prallte ab und bohrte sich einige Meter entfernt ins Erdreich.

Das Mündungsfeuer verriet Mark, wo sich der Schütze befand. Da er vor dem Krankenhaus nicht einfach blind durch die Gegend ballern wollte, suchte er sich eine Reihe geparkter Rettungswagen als Deckung und folgte den beiden Flüchtenden in Richtung Weinberg.

In der Ferne hörte er Sirenen heulen. Vermutlich hatte die Krankenschwester den Notruf gewählt. Da sich das Polizeipräsidium am anderen Ende des Weinberges befand, würde es nicht lange dauern, bis Lisas Kollegen und ein paar Streifenwagen vor Ort waren. Trotzdem konnte Mark nicht zulassen, dass die beiden Angreifer entkamen. Sie hatten es auf Lisa abgesehen gehabt! Was auch immer ihr Plan gewesen war, er würde dafür sorgen, dass sie weder ihm noch Lisa in Zukunft noch mal in die Quere kamen.

Seine Wut verstärkte sich weiter. Ohne Rücksicht auf die eigene Sicherheit verließ er die Deckung und heftete sich an die Fersen des Bulligen, der in diesem Moment zwischen den Reben verschwand. Der andere Mann war außer Sicht, doch Marks Interesse galt vor allem dem Kerl, der Lisa angeschossen hatte. Im Licht der Straßenlampen bahnte er sich einen Weg durch die halb abgeernteten Reben, bis er den Bulligen vor sich ausmachen konnte.

Der schien ihn zu hören, da er sich umdrehte und in Marks Richtung schoss.

Mark erwiderte das Feuer.

Der Mann strauchelte, fing sich jedoch wieder und schlug sich seitlich in den Weinberg.

Mark folgte ihm.

Er war erst ein paar Meter gelaufen, als ihn eine Bewegung im Augenwinkel herumwirbeln ließ. Gerade noch rechtzeitig, da der zweite Mann sich zwischen den Weinreben verborgen hatte und von unten auf ihn zielte.

Mark wich zur Seite aus, hob die eigene Waffe und schoss.

Der Angreifer sackte mit einem Grunzen in sich zusammen.

Mit drei langen Schritten war Mark bei ihm, nahm ihm die Waffe ab und fesselte ihm die Handgelenke mit einem Kabelbinder. Dann nahm er die Verfolgung des Bulligen wieder auf, der unter ihm durch den Weinberg brach.

Angetrieben von Wut und Jagdfieber, schlug Mark sich durch die Reben, bis er den Rücken des Flüchtenden vor sich ausmachen konnte. »Bleib stehen!«, rief er.

Der Bullige dachte nicht daran. Mitten im Laufen drehte er sich um, hob seine Pistole und zielte auf Mark.

Der duckte sich, drückte mehrmals ab und sah mit Genugtuung, wie der Kerl vor ihm sich zusammenkrümmte. Offenbar hatte er ihn getroffen. Als der Mann erneut die Waffe hob, um auf ihn zu schießen, jagte Mark ihm eine Kugel in den Arm. Kurz darauf war er bei ihm, entwand ihm die Pistole und versetzte ihm einen brutalen Schlag ins Gesicht.

Der Mann brach in die Knie.

Zitternd vor Wut trat Mark so dicht vor ihn, dass er ihm die Mündung seiner Glock an die Schläfe setzen konnte.

»Worauf wartest du? Drück ab«, stöhnte der Bullige.

Marks Finger zuckte. Nur unter Aufbietung all seiner Selbstbeherrschung hielt er sich davon ab, dem Mistkerl eine Kugel in den Kopf zu jagen. Er war nicht so wie dieser Abschaum. Wenn er ihn kaltblütig erschoss, würde er Lisa nie wieder in die Augen sehen können. »Was wollt ihr von mir? Euch dafür rächen, dass ich euch euren Auftrag versaut habe?«

Der Bullige schnaubte.

»Warum habt ihr mich bespitzelt? Was sollte der Scheiß

mit den Wanzen?« Als er keine Antwort erhielt, verstärkte er den Druck der Waffe.

»Du denkst, du bist besser als wir?«

»Ihr seid ein Haufen feiger Söldner«, spuckte Mark aus.

»Du bist genau wie wir. Es ist nur eine Frage der Zeit, bis du die Seiten wechselst.« Der Bullige funkelte Mark herausfordernd an.

»Einen Scheiß werde ich!« Mark zog die Hand mit der Waffe zurück und briet dem Knienden mit dem Griff seiner Glock eine über.

Der Mann ging zu Boden und blieb regungslos liegen.

»Einen Scheiß werde ich!«, zischte Mark erneut. Er packte die Handgelenke des Kerls, verzurrte sie ebenfalls mit einem Kabelbinder und zerrte ihn zu dem anderen Killer. Dann lief er zurück zu dem Gelände vor dem Krankenhaus, auf dem es inzwischen von Streifenwagen wimmelte.

»Hände hoch!«

»Die Waffe weg!«

»Auf die Knie!«

Mark befolgte die Befehle, legte seine Glock auf den Boden und verschränkte die Hände hinter dem Kopf.

Augenblicklich kamen mehrere Beamte auf ihn zugerannt, brachten ihn zu Boden und fesselten ihm die Hände hinter dem Rücken. Als sie ihn auf die Beine zerrten, sagte er: »Im Weinberg sind zwei der Typen, die eure Kollegin umbringen wollten.«

»Welche Kollegin?«

»Lisa Schäfer.«

Ein Zivilbeamter löste sich aus einer Gruppe, die um einen der Streifenwagen herumstand. Es war Jonas Kling, Lisas Kollege. »Becker?«, fragte er fassungslos. Er gab den Uniformierten ein Zeichen, Mark loszulassen. »Was tun Sie denn hier?«

Mark erklärte es ihm.

KAPITEL 49

Stuttgart, Oktober 2017

Fast drei Wochen dauerte es, bis Lisa wieder auf dem Damm war. Obwohl ihr Chef Mark wegen mehrerer Verstöße gegen das Waffengesetz den Marsch geblasen hatte, war der Staatsanwalt milde gewesen. Die Schüsse auf die Männer im Krankenhaus waren eindeutig als Notwehr klassifiziert worden. Die Kugel, mit der auf Lisa geschossen worden war, war dieselbe wie die aus einer der Waffen der Killer. Außerdem stimmten einige der Projektile mit den Kugeln überein, die Ahu Altas getötet hatten. Offenbar waren der Bullige und seine Leute von Ari Toprak angeheuert worden, um Ahu und Alex Riedmaier umzubringen, weil die beiden eine Beziehung miteinander gehabt hatten.

Eine Durchsuchung der Büroräume des Bulligen hatte zu weiteren Verhaftungen geführt, mehr hatte Mark von Thomas Fuchs nicht in Erfahrung bringen können. Er hoffte inständig, dass dem Netzwerk ein für alle Mal das Handwerk gelegt worden war, damit der Spuk wirklich ein Ende hatte. Noch mal wollte er etwas Derartiges nicht durchmachen.

»Ich bin so froh, dass du wieder fit bist«, sagte er, als er Lisa an einem strahlend sonnigen Oktobertag vom Krankenhaus abholte.

Sie war noch ein bisschen käsig um die Nase, wirkte sonst aber wieder fit. Sie schnitt eine Grimasse. »Frag mich mal«, brummte sie. Als sie über den Vorplatz zum Parkhaus gingen, sah sie sich um.

»Keine Angst, die sitzen alle im Gefängnis«, beruhigte Mark sie. Er wusste, dass ihr Chef sie über die Entwicklungen auf dem Laufenden gehalten hatte.

»Die sollen in ihren Zellen verrotten!« Obwohl Lisa sich um eine entschlossene Miene bemühte, war ihre Unsicherheit deutlich zu erkennen.

Mark hoffte, dass sie das Trauma bald bewältigen würde, da er wusste, was für Ängste ein solcher Angriff nach sich ziehen konnte. Die körperlichen Wunden heilten wesentlich schneller als die psychischen.

»Ich habe gehört, du hast die nächsten zwei Wochen Urlaub«, wechselte er das Thema.

Lisa nickte.

»Fährst du weg?«

»Ich wollte auf die Malediven«, gab sie zurück.

Mark pfiff durch die Zähne. »Wow! Da wollte ich auch schon immer mal hin.«

Lisa warf ihm einen Seitenblick zu.

»Keine Angst, ich will mich nicht aufdrängen«, beeilte er sich zu sagen. »Ich freue mich nur für dich. Ich habe hier mit dem Wasen zu tun.«

»Ich dachte, ihr seid gefeuert worden.«

»Der Veranstalter hat es sich doch noch mal anders überlegt. Vermutlich hat Michael ihm mit seinen Anwälten gedroht.«

Lisa murmelte etwas Unverständliches.

»Komm, ich bringe dich nach Hause.« Mark brachte sie zum Parkplatz und half ihr in seinen Dienstwagen.

»Vielleicht blase ich die Malediven auch ab«, sagte Lisa, als er vom Krankenhausgelände fuhr. »Oder ich verschiebe es um ein paar Tage. Wie lange geht denn der Wasen?«

Mark sah sie fragend an. »Ehrlich? Nach allem, was passiert ist, hast du nicht die Nase voll von mir?«

»Es war doch nicht deine Schuld!«

»Na ja, ich hätte dir von den Wanzen erzählen können. Dann wäre das alles vielleicht nicht passiert.«

Lisa schüttelte den Kopf. »Die Typen hatten es auf dich abgesehen, weil du ihnen einen Auftrag versaut hast. Und ich war daran immerhin auch nicht ganz unbeteiligt.« Sie rieb sich mit den Handflächen übers Gesicht, als ob sie eine Erinnerung wegwischen wollte. »Wenn du Lust hast, verschiebe ich um ein paar Tage und du kannst mitkommen auf die Malediven. Aber noch mal sage ich das nicht.«

Mark grinste. »Und wie ich Lust habe!«

DANKSAGUNG

Bei diesem Thriller haben mir wieder viele unglaublich hilfsbereite Menschen geholfen, Fehler zu vermeiden und die Fakten richtig darzulegen. Ohne sie wäre für mich ein Roman dieser Art nicht vorstellbar gewesen, weil mir als Autorin natürlich einerseits das Fachwissen, andererseits die entsprechende Erfahrung fehlt. Sämtliche Fehler, die es sicher trotzdem noch zu entdecken gibt, stammen einzig und allein aus meiner Feder. Sie sind entweder der Tatsache geschuldet, dass man als Autor nicht ganz so tief in einen Bereich eindringen kann, wie man gerne möchte. Oder, dass man sich natürlich aus Gründen der Spannung und Dramatik manchmal dazu entscheidet, die Fakten ein wenig abzuändern. Ich habe allerdings versucht, diese Änderungen auf ein Minimum zu beschränken.

Mein ganz besonderer Dank gilt, wie immer an dieser Stelle, Polizeioberkommissarin Anja Fromm, Kriminaltechnikerin bei der Stuttgarter Kriminalpolizei. Ohne deine geduldigen Erklärungen, die vielen winzigen, aber unheimlich wichtigen Details würde ich mich vermutlich im Dschungel eines jeden fiktiven Tatorts verirren. Ein Riesendanke auch für deine Geduld beim fachlichen Überprüfen des gesamten Romans auf Fehler, natürlich insbesondere im Bereich der Kriminaltechnik, rund ums Thema Polizei und auch darüber hinaus.

Ein Dankeschön auch wieder an Kriminalhauptkommissar Jürgen Tam, ebenfalls von der Kripo Stuttgart, der mir all meine Fragen zur Ermittlungsarbeit der Beamten vom D11 beantwortet hat. Ohne dich wären die SOKO-Besprechungen nur halb so interessant.

Auch Kriminalhauptkommissar Werner Härlen vom Polizeipräsidium Ulm hat mich wieder mit Rat und Tat unterstützt und den Roman als einer der ersten Leser auf Fehler und Ungereimtheiten überprüft. Ganz lieben Dank dafür und auch dafür, dass ich immer anrufen kann, wenn mich eines dieser winzigen Details um den Verstand bringt.

Als mir die Idee zu diesem Roman kam, dachte ich nicht, dass ich tatsächlich die Möglichkeit haben würde, in die Arbeit der Feldjäger hineinzuschnuppern. Hier gilt mein ganz besonderer Dank dem Bundesministerium für Verteidigung, das diese Recherche erst ermöglicht hat.

Oberleutnant Mark Becker wäre ohne die Hilfe von Oberleutnant Sascha Cammerer vom 7. Feldjägerregiment 3 nicht denkbar gewesen. Danke für die Führung durch die Wilhelmsburg Kaserne, lieber Sascha, für den Besuch in eurer Truppenküche und für die ausführlichen Erklärungen zur Arbeit der Feldjäger. Es war sehr spannend, einen Einblick in euren Arbeitsalltag zu bekommen.

Mark Beckers Freund Lukas verdankt seine Expertise Johannes Eberleh. Merci vielmals für die vielen tollen Infos und die fantastischen Ideen.

Ohne die Hilfe von Kriminalhauptkommissar Kai Zaske vom Polizeipräsidium Ulm wäre Mark Beckers Hang zur Action vermutlich nicht ganz so ausgeprägt. Danke dir für die Unterstützung bei allem, was laut ist.

Michael Willrich von der Firma R.A.D. Sicherheit hat die Gründung einer Sicherheitsfirma, in die Mark Becker einsteigen kann, überhaupt erst möglich gemacht. Ohne die Informationen zu Sicherheitskonzepten, Ausbildung und Firmenstruktur hätten Mark und sein Kamerad vom MAD ziemlich alt ausgesehen. Ein ganz herzliches Dankeschön dafür.

Mein Wissen über Rocker und rockerähnliche Vereinigungen, deren Strukturen und Vorgehensweisen verdanke ich Sigurd Jäger, dem Inspektionsleiter für organisierte Kriminalität im Landeskriminalamt BW. Vielen herzlichen Dank für die Aufklärung über die wichtigen Unterschiede zwischen den Gruppierungen.

Ohne meine wunderbare Lektorin Claudia Senghaas wären vermutlich wieder ein paar Schnitzer im Roman zu finden, die sie mit der gewohnten Sorgfalt und Liebe zum Detail ausgemerzt hat. Ein Riesendanke für dein Adlerauge.

Und zu guter Letzt gilt mein ganz besonderer Dank meinem zauberhaften Agenten Gerd Rumler, der mich die ganze Zeit über motiviert und ermutigt hat, der gedrängelt und gelobt hat, so dass mir nie der Elan und der Mut ausgegangen sind. Und der mich darin bestärkt hat, dass man auch als Frau Action-Thriller mit einem männlichen Protagonisten schreiben kann.

LISTE DER VERWENDETEN ABKÜRZUNGEN

BMVg	Bundesministerium für Verteidigung
BND	Bundesnachrichtendienst
FLZ	Führungs- und Lagezentrum
KTI	Kriminaltechnisches Institut
LKA	Landeskriminalamt
MAD	Militärischer Abschirmdienst
SEK	Spezialeinsatzkommando
TOR	The Onion Router
USBV	Unkonventionelle Spreng- und Brandvorrichtung

Weitere Titel finden Sie auf den folgenden Seiten und im Internet:

WWW.GMEINER-SPANNUNG.DE